JOÃO MIGUEL

RACHEL DE QUEIROZ

JOÃO MIGUEL

17ª EDIÇÃO
Rio de Janeiro
2025

JO JOSÉ OLYMPIO

CIP-BRASIL. CATALOGAÇÃO NA PUBLICAÇÃO
SINDICATO NACIONAL DOS EDITORES DE LIVROS, RJ

Queiroz, Rachel de, 1910-2003
Q47j   João Miguel / Rachel de Queiroz. – 17. ed. – Rio de Janeiro :
17. ed.   José Olympio, 2025.
            160 p.

ISBN 978-65-5847-080-9

1. Ficção brasileira. I. Título.

CDD: 869.3
22-75904   CDU: 82-3(81)

Meri Gleice Rodrigues de Souza – Bibliotecária – CRB-7/6439

Copyright © herdeiros de Rachel de Queiroz, 1932

Ilustrações de miolo: Ciro Fernandes

Este livro foi revisado segundo o Novo Acordo da Língua Portuguesa.

Todos os direitos reservados. Proibida a reprodução, o armazenamento ou a transmissão de partes deste livro, através de quaisquer meios, sem prévia autorização por escrito.

Reservam-se os direitos desta edição à
EDITORA JOSÉ OLYMPIO LTDA.
Rua Argentina, 171 – 3º andar – São Cristóvão
20921-380 – Rio de Janeiro, RJ
Tel.: (21) 2585-2000.

Seja um leitor preferencial Record.
Cadastre-se no site www.record.com.br
e receba informações sobre nossos lançamentos e nossas promoções.

Atendimento e venda direta ao leitor:
sac@record.com.br

ISBN 978-65-5847-080-9

Impresso no Brasil
2025

Sobre a autora

RACHEL DE QUEIROZ nasceu em 17 de novembro de 1910, em Fortaleza, Ceará. Ainda não havia completado 20 anos, em 1930, quando publicou *O Quinze*, seu primeiro romance. Mas tal era a força de seu talento, que o livro despertou imediata atenção da crítica. Dez anos depois, publicou *João Miguel*, ao qual se seguiram: *Caminho de pedras* (1937), *As três Marias* (1939), *Dôra, Doralina* (1975) e não parou mais. Em 1992, publicou o romance *Memorial de Maria Moura*, um grande sucesso editorial.

Rachel dedicou-se ao jornalismo, atividade que sempre exerceu paralelamente à sua produção literária.

Cronista primorosa, tem vários livros publicados. No teatro escreveu *Lampião* e *A beata Maria do Egito* e, na literatura infantil, lançou *O menino mágico* (ilustrado por Mayara Lista), *Cafute e Pena-de-Prata* (ilustrado por Ziraldo), *Xerimbabo* (ilustrado por Graça Lima) e *Memórias de menina* (ilustrado por Mariana Massarani), que encantaram a imaginação de nossas crianças.

Em 1931, mudou-se para o Rio de Janeiro, mas nunca deixou de passar parte do ano em sua fazenda "Não me deixes", no Quixadá, agreste sertão cearense, que ela tanto exalta e que está tão presente em toda sua obra.

Uma obra que gira em torno de temas e problemas nordestinos, figuras humanas, dramas sociais, episódios ou aspectos do cotidiano carioca. Entre o Nordeste e o Rio, construiu seu universo ficcional ao longo de mais de meio século de fidelidade à sua vocação.

O que caracteriza a criação de Rachel na crônica ou no romance — sempre — é a agudeza da observação psicológica e a perspectiva social. Nasceu narradora. Nasceu para contar histórias. E que são as suas crônicas a não ser pequenas histórias, narrativas, núcleos ou embriões de romances?

Seu estilo flui com a naturalidade do essencial. Rachel se integra na vertente do verismo realista, que se alimenta de realidades concretas, nítidas. O sertão nordestino, com a seca, o cangaço, o fanatismo e o beato, mais o Rio da pequena burguesia, eis o mundo de nossa Rachel. Um estilo despojado, depurado, de inesquecível força dramática.

Primeira escritora a integrar a Academia Brasileira de Letras (1977), Rachel de Queiroz faleceu no Rio de Janeiro, aos 92 anos, em 4 de novembro de 2003.

1

João Miguel sentiu na mão que empunhava a faca a sensação fofa de quem fura um embrulho. O homem, ferido no ventre, caiu de borco, e de sob ele um sangue grosso começou a escorrer sem parar, num riacho vermelho e morno, formando peças encarnadas nas anfractuosidades do ladrilho.

Agora imóvel, João Miguel apertava febrilmente na mão a arma assassina, fitando o seu crime, aquele corpo que escabujava no chão, que os outros reviravam e despiam, e em cujos dedos crispados uma mulher tentava introduzir um coto aceso de vela.

Na confusão de imprecações e rezas, e no barulho do próprio sangue que lhe zunia aos ouvidos, ele apenas pôde distinguir a fala de alguém que lhe pôs no ombro a mão pesada:

— Está preso!

Ele olhou o homem que o prendera, olhou a faca, olhou o ferido.

— Está preso!

Sem o atender, João Miguel fixava agora ansiosamente o moribundo, com uma inconsciente esperança de que ele revivesse, de que aquilo não fosse nada, de que ele novamente se erguesse, com o cacete na mão, como há pouco, os olhos fuzilantes, a fala desabrida.

Mas, no chão enlameado de vermelho, o homem movia os pés como um animal que morre. Por entre a roupa desabotoada, o ventre escuro aparecia, lanhado. E a mulher precisou apertar mais a vela, porque os dedos se abriam, moles, enquanto a outra mão raspava fracamente a terra, com as unhas negras.

O outro, o que prendia, insistiu:

— Está preso!

Um cabra fardado, seguido de mais dois soldados, pálido da carreira e respirando com força, foi entrando e gritou:

— E o criminoso?

O homem que prendera acentuou a pressão no ombro de João Miguel e o apresentou ao cabo:

— Está aqui.

João Miguel ouvia tudo, ainda olhando o morto, entendendo mal.

Criminoso? Quem? Seria ele?

Já os soldados o empurravam para fora.

Criminoso?

O cabo deu voz de prisão:

— Pra cadeia!...

João Miguel deixou que o levassem. Detrás dele, em torno dele, os curiosos e as maldições cresciam.

Ele marchava, arrastado, inconsciente, sempre com o pensamento no morto, na faca, no seu gesto rápido, movido por um impulso estranho e novo, e aquele rasgão na carne mole, e a sangueira roxa, e agora a desgraça sem remédio...

Se pudesse começar de novo! O homem, diante dele, vivo, gritando, também bêbado!...

Mas fora tudo ligeiro como um mau relâmpago; só aquele gesto, com a faca... uma faca nova, brilhante, aguda como um punhal...

João Miguel cuspiu um cuspo grosso que lhe pegava à língua, amargo de cachaça.

Sentia no peito uma angústia desconhecida e medonha. Tinha vontade de correr, de vomitar.

Rudemente os soldados o impeliam:

— Ligeiro, cabra! Avie, senão come facão no lombo!...

E enquanto ele andava, aos empurrões, a sua mão criminosa, despojada da faca que matara, esboçava gestos vagos de arrependimento, como se tentasse desfazer o que fizera, apagar, desmanchar.

A escolta parou defronte da cadeia.

O cabo deixou João Miguel à porta, entre os soldados, e meteu-se pelo corredor fedorento e escuro.

— Seu Doca!

O carcereiro apareceu, de tamancos, a blusa desabotoada:

— Novidade, cabo Salu?

— Está aí um preso. Furou, ainda agorinha, um homem, num samba lá para as bandas da Estação.

— E o delegado já sabe?

— O delegado está numa festa.

João Miguel, dentro de sua perturbação, num movimento meio inconsciente, tentou escapar. Os soldados subjugaram-no gritando:

— Seu cabo, o homem quer fugir!

Seu Doca tirou do armador uma corda velha que Salu tomou:

— Se você se mexer eu lhe amarro, cabra sem-vergonha.

E, voltando-se para o carcereiro:

— Onde é que se bota?

Seu Doca olhou o rosário de grades que se cavava ao longo do corredor:

— Bote no quarto do finado Meia-Noite. A chave está na porta.

Empurraram João Miguel até a célula, donde vinha um cheiro mau de morcego, de dejetos podres, e o deixaram lá dentro, como um bicho encurralado.

O carcereiro deu duas voltas na chave e encostou-se à grade, ouvindo Salu que contava:

— O desgraçado não deu tempo ao outro nem de descer o cacete... Assim que ele arribou o braço, passou-lhe a faca e foi um rasgo que abriu de lado a lado do bucho...

Afinal foram embora, em procura do delegado, e João Miguel ficou só dentro de sua calada tormenta.

Acocorou-se a um canto, ainda indiferente à prisão e à fedentina, enquanto os morcegos circulavam, e se apinhavam nas telhas, guinchando.

Pouco depois, na escuridão lôbrega, ouviu-se novo barulho de passadas, de gritos, de pragas.

Uma velhota bêbeda, desgrenhada e em farrapos, foi levada à força para a célula fronteira.

A chave rangeu, girando, e ouviu-se a voz da mulher:

— Desgraçado, sem-vergonha, filho duma mãe!...

Um soldado gritou:

— Dorme em paz, belezinha!

— Me deixa, assassino, cachorro!...

Os soldados se afastaram, rindo. Muito tempo, agarrada às grades, a mulher continuou as descomposturas. Depois cansou: deitou-se no chão e começou a entoar um estribilho fanhoso, irritante, como para se embalar:

"Me leve, me leve, senhor Rafael...
me leve, me leve, para o quartel..."

Aquela voz, insistente como um chiado, espalhando-se pela noite densa e povoada de ruídos estranhos de sepulcro, penetrando a sombra em que jazia a cadeia, suja e imóvel como um bicho morto, entrava pela angústia crescente de João Miguel, atiçava-a, desesperava-a. A cabeça opressa, sufocada, estremecia como esbordoada ao impacto do som agudo da cantilena.

E ele ergueu-se, movimentou-se, foi à grade.

O escuro, sem lhe deixar ver mais além, transmitia-lhe apenas o som obcecante.

— Cala a boca, diabo!

Mas, fanhosa, a voz teimava:

"Me leve, me leve, senhor Rafael...
me leve... me leve..."

Ele fechou os punhos, levando, naquele ódio contra a mulher, a fúria do seu próprio desespero:

— Cala, cão, essa boca, cala!...
A voz canalha ainda insistiu:

"Me leve... me leve..."

Mas foi se acabando aos poucos, como um gemido que morre.

E, afinal, a mulher dormiu, de ventre para o ar, descomposta, casando o seu resfolegar sonoro com a guincharia aguda dos morcegos.

2

DE MANHÃZINHA bem cedo, quando o dia já alumiava pela trapeira gradeada da parede, João Miguel ouviu uma voz de mulher que o chamava à porta:

— João! João!...

Ele se ergueu e dirigiu-se para o rosto aflito que aparecia entre os varões da grade:

— É você, Santa?

— É... Que foi isso, João?...

E a mulher, agarrada à grade, começou a soluçar soltamente, num desadoro:

— Que... foi... isso, João?...

— Desgraça, Santa...

— Desgraça, não, João, cachaça!... Foi a cachaça que te perdeu!

João Miguel curvou a cabeça, e começou a esgravatar embaraçadamente um dos varões.

Santa continuava na sua fala que os soluços embargavam e engrossavam, enxugando com os dedos os olhos vermelhos:

— Eu soube de tudo, João... Você foi sem mim para a maldita daquela festa... e pegou na besteira dessa briga... Está aí a sua desgraça... Agora, que será feito de nós? Você que parecia um homem de tão bom pensar!...

João Miguel a interrompeu para perguntar, a medo:

— O homem morreu?

— Morreu! Morreu ontem mesmo. Nem se levantou mais do chão. Acho que nem acabou a vela...

Ele disse, ainda mais baixo, mais a medo:

— Você viu?

— Vi o quê, João, lá tive coragem! Depois, todo o mundo havia de me conhecer...

João Miguel, coberto, agora, de uma vergonha imensa, machucando a fronte no varão, de tanto baixar a cabeça, murmurou:

— Coitado...

— Coitado? Foi ele que fez sua desgraça! Se não fosse ele, você não estava onde está! Pensam que precipitar um homem assim!...

Aliviado pela perspectiva daquela justificação, ele ajuntou:

— E eu, no começo, não queria brigar... Foi ele que pegou no diabo da inticage... Até pisou no meu pé...

Santa, porém, corrigiu logo, no assombro do crime:

— Mas, assim mesmo, apesar do que eu disse, não era para você fazer o que fez, João... Um homem não é um cachorro, que se mate por pagode...

Novamente abatido, João Miguel baixou a cabeça. Um silêncio aflito sobreveio. Até que Santa se compadeceu daquela tristeza e daquela humildade:

— Deixa estar, João, eu vou ver se acho alguém que defenda você. Se você tiver uma sombra em que se acoste, com a graça de Deus há de estar na rua... Nem que eu peça de joelhos... Adeus, João...

E ela fungou, ao se despedir:

— Que catinga!

— Os soldados deixaram você passar?

— O cabo Salu me conhece. Sabe que eu moro mais você... Adeus, João!

— Adeus...

O vulto de Santa sumiu-se no corredor. Por um instante, João Miguel ainda ouviu o ruído das suas chinelas no ladrilho.

Defronte, a marafona bêbada roncava ainda.

E, lá de fora, através da parede, chegava a voz dos soldados que quebravam o jejum com aguardente e café.

*

Muito tempo João Miguel ficou ali, pregado à grade, procurando manter a ilusão de ainda ouvir o passo rápido de Santa que se sumira de todo.

Pareceu-lhe uma vez que escutava a sua voz, de mistura com a fala dos soldados.

Mas, fugindo-lhe até essa longínqua impressão, entrou a se interessar pela mulher aboletada à sua frente, que se voltava no chão, sentava-se a meio, resmungando e cuspindo grosso.

Às vezes cantarolava ainda, engrolando entre os dentes as últimas lembranças da bebedeira.

Donde ele estava, via-lhe apenas as saias de chita suja, que lhe deixavam à mostra as pernas engelhadas e secas, os grandes pés espalmados de sola gretada.

Depois ela mexeu-se mais, rolou para o interior da célula, desaparecendo de todo à vista do preso.

João Miguel voltou então ao seu canto, ao canto onde passara a noite, acocorado.

Amparou nas mãos a cabeça vazia, vazia... Com esforço, como quem recorda uma história de anos, procurava rememorar a tragédia da véspera, tentando reconstituir o início, o motivo da questão.

Mas, rebelde, o pensamento lhe fugia, solicitado por qualquer detalhe mínimo do ambiente, ou qualquer vago ruído que viesse de fora.

E então João Miguel sentia, como um remorso, a vergonha da sua indiferença.

Quer dizer que a gente mata um homem, vira criminoso — criminoso! — e não fica diferente, sente a cabeça no mesmo lugar, fica com o mesmo coração?

Quando, antes, pensava que, se talvez um dia chegasse a se desgraçar, a matar um vivente, haveria de ficar toda a vida com o remorso, com a lembrança do defunto, do sangue, no sentido. E estava ali, se sentindo o João Miguel de ontem e de sempre...

De repente, porém, lhe vinha brutalmente à memória a imagem do morto na lama roxa do sangue, e a ideia clara dos soldados, da condenação, de todas as consequências do seu gesto tão rápido...

E sentia uma sensação sufocante de peso, de opressão, como se uma coisa lhe esmagasse os peitos, o estômago... O coração entrava a bater depressa, mais depressa, em pancadas aflitas e rápidas, mais depressa, sempre mais depressa, até lhe esmurrar o peito como um punho furioso.

....

Pouco a pouco ia serenando, ia esquecendo. O pensamento se abatia, como uma espuma que baixa. E a sua atenção distraidamente se perdia num morcego que se balançava numa viga do teto, como um saco inchado e mole, ou numa grande aranha toda negra, toda pernas, que evoluía lentamente na penumbra lôbrega da parede.

*

À tarde, Santa voltou. Ele ergueu-se um pouco no seu abatimento.
— É você, Santa?
Ela pediu:
— Venha aqui na porta, João. Como você vai indo?
Ele baixou tristemente a cabeça:
— Como é que eu havia de ir?
Santa agarrou as grades e falou mais baixo:
— Eu fui na casa de um doutor, pra ver se ele quer defender você. Aquele que mora na praça da igreja.
— O Dr. Zé Osório?
— Acho que é. É um baixinho, magro, enfezadinho... Pedi até pela luz dos olhos da filha dele...
João Miguel parecia concentrar, nos olhos ansiosos com que a fitava, toda a sua esperança angustiada.
— ...e ele disse que ia ver, examinar...

O preso baixou de novo o rosto. Santa perguntou:

— Você comeu hoje, João?

Ele abanou a cabeça, numa negativa sem interesse. Ela exclamou:

— Jesus da minha alma! Como é que esses miseráveis deixam um cristão, um dia inteiro, sem botar um bocado na boca! Por que tu não pediu, João?

Ele murmurou, cansado e distante:

— Lá me lembrei!

Santa largou bruscamente a grade e correu pelo corredor:

— Salu, Seu Salu!

O soldado não ouvia, ela avançou mais, gritou mais alto:

— Cabo Salu!

Salu chegou, abotoando a túnica, arrastando os tamancos.

— Chamou pelo meu nome, Santinha?

E ela lhe gritou numa reclamação amigável de velha camaradagem:

— Seu Salu, vocês não têm consciência, vocês não têm coração? Como é que deixam este pobre aqui, todo o santo dia, e não teve quem desse a ele um triste bocado?

João Miguel fez um gesto de desprendimento e fadiga:

— Deixa, criatura!...

Mas o soldado resmungou uma desculpa:

— Isso é lá com o Seu Doca. Eu só faço é prender... Seu Doca é que é o carcereiro. Ele é que tem o direito de cuidar da comida dos presos...

Santa o interrompeu, aflita:

— Mas você não podia dar um jeito, Salu? O João não é de ficar assim.

Salu foi saindo:

— Posso... Vou chamar Seu Doca...

Mas voltou uns passos:

— O melhor é você ir comigo, que ele pode não querer vir...

Chegaram daí a um minuto, e Seu Doca explicava:

— A comida quem faz é uma mulher daqui.

— Uma presa?

— É. A Filó. Os presos mandam fazer as compras, e dão a ela pra cozinhar.

Santa foi exclamando:

— Pois então...

Mas Seu Doca estendeu a mão, interrompendo:

— Agora tem uma coisa, meu bem. O seu preso só recebe diária depois que for a júri. Enquanto não for condenado, a diária quem dá é a família.

Salu interessou-se:

— E ele tem família?

Santa bateu no peito.

— Toda família que ele possui sou eu. Eu é que tenho de fazer as vezes de mãe, de mulher e de filha...

O carcereiro riu-se:

— Então, bote as três para trabalhar e sustente o homem... Que ele aqui sempre havia de achar quem lhe desse um caroço de feijão... Mas você sabe o que é comer de esmola... A bem dizer, é passar fome...

Santa juntou as mãos:

— Se Deus me ajudar, fome ele não passa; estou já acabada, mas ainda sirvo para alguma coisa...

Salu riu e lhe disse, baixo:

— Ora se serve, Santinha!

Ela riu também:

— Mais respeito, seu cabo...

E, chegando novamente à grade:

— Eu vou ali na bodega, João. Vou ver se o homem me fia alguma bolachinha mode eu trazer pra você.

— Mais falta me faz meu cachimbo... Se eu tivesse uma pelezinha de fumo, estava consolado...

— Pois eu também trago fumo; e o cachimbo... espere aí...

*

Quando ela saiu, Seu Doca ficou um momento olhando para João Miguel, abstratamente, mascando. Depois virou-se para a célula da frente, e exclamou para Salu que já ia embora:

— Cabo Salu! Pois aquela cachorra velha ainda está chumbada! Vamos ver se a gente bota ela pra fora... Ô gambá desgraçado!

Salu voltou, rindo, contando:

— Diz que ela ontem emborcou uma garrafa inteirinha, no gargalo... Não sei como essa desgraça não se acaba!

O carcereiro tirou um molho de chaves do bolso da calça e abriu a porta.

A mulher ainda dormia, de boca aberta, roncando grosso. Salu bateu-lhe com a ponta do tamanco:

— Eh! seu diabo! Quer morar na cadeia? Acorda!

Seu Doca ria.

— Você pensa que é assim? Bote tempo! Pra esse cão acordar é serviço!

E tomou-a pelos ombros, sacudiu-a:

— Sua raposa, ainda não enjoou, ou isso é promessa?

A mulher abriu os olhos e estirou as pernas:

— Me deixem. Vão pra casa do diabo, canalha, sem--vergonha!

Seu Doca continuou a sacudi-la:

— Quando é que você perde o miserável desse costume de botar nome nos outros?

Ela se sentou, espreguiçou-se e coçou os olhos. Seu Doca insistiu:

— Hein, sua mundiça? Quando é que você deixa essa moda de pôr os outros de sem-vergonha?

A velha arrastou, num bocejo:

— Quando vocês largarem de ser sem-vergonhos...

Salu soltou uma gargalhada.

— Esse diabo pra tudo tem resposta!

E Seu Doca, com um pontapé, fê-la erguer-se:

—- Vamos chegando. Vamos chegando que é de noite. Só se quiser ficar pra varrer os quartos...

A mulher ergueu-se, bateu as saias e procurou a porta:

— Varrer, a casa de tua mãe...

João Miguel os acompanhou com a vista até que os três se sumiram pelo corredor.

Lá ia uma, com uma garrafa inteira na barriga, dizendo nome à vontade, e o mais que lhe acontecia era uma noite de xadrez...

Enquanto que ele, só com dois mata-bichos e umas palavrinhas de besteira, tinha feito aquela desgraça...

Ai, bem diz o outro, que uma natureza é a do homem e outra muito diferente é a da mulher!

*

No dia seguinte foi o inquérito.

João Miguel ainda estava atordoado, meio tonto, quando Salu o escoltou até a pequena sala caiada, onde o delegado assistia, com a ordenança guardando a porta.

O escrivão, malvestido, magro, de cara vermelha grossa de espinhas, fazia a pena zumbir, monotonamente, como um inseto que fosse deixando a marca das patas em tinta roxa sobre a alvura das páginas do grande livro preto.

E foi um longo suplício esse inquérito, em que o delegado, defendido pelas figuras imóveis dos soldados da guarda, acastelado atrás da sua mesa carregada de papéis, o crivava de mil perguntas e ditava as respostas para o escrivão, de uma em uma, lançando devagar as palavras, como se escorropichando cada sílaba da sombria história, mais aumentasse, mais enegrecesse o gesto do criminoso.

De repente levantou os papéis, e de sob eles tirou uma faca de grossa bainha castanha.

O preso sentiu um baque no coração. Lentamente, o homem sacou fora da bainha a lâmina que fulgurou à luz crua do dia, com um relâmpago branco de espelho.

Manchas escuras se espalhavam pela folha, cortando o brilho do aço. E, junto ao cabo, sob os dedos do delegado que o seguravam, indiferentes, uma crosta de sangue se agarrava ainda, teimosa, como o selo do crime.

O preso quase cambaleou ante aquela exibição que o cegava, enquanto o delegado, furando a madeira da mesa com a ponta da faca, continuava a perguntar:

— Reconhece como sua esta arma com que foi cometido o assassinato?

Ele apenas pôde baixar a cabeça.

O homem insistiu na pergunta, até que o preso, afinal, conseguiu murmurar:

— Reconheço...

O delegado virou-se para o outro, que suspendera a pena, e machucava lentamente uma espinha inchada da cara:

— Senhor escrivão, lance a confissão do acusado.

*

Muito tempo depois, por fim satisfeito, o delegado o despediu com um conselho:

— Isto é para vocês se acostumarem a ter medida em cachaça... Veja você, um rapaz tão quieto, que nunca tinha dado uma entrada no xadrez...

O preso viu-se, afinal, a caminho da cela.

E aquela faca? O que ia ser dela?

Naturalmente o delegado dava para a ordenança... Custara-lhe dez mil-réis, na loja do galego. Elias... No dia do crime — seria adivinhando? — tinha-a limpo com uma lixa: ficou branca como prata...

Súbito, veio-lhe a lembrança da crosta preta de sangue, no aço lívido da folha areada.

E o estômago se lhe revolveu, o pensamento se perturbou, recordando com vida nova a história da hora trágica, que ele há pouco sentira tão descolorida e estranha, quando o delegado a rememorara, na frase protocolar do inquérito.

O soldado abriu a porta e tocou-lhe no ombro:

— Entre, mode eu poder trancar...

3

COM O SEGUIMENTO dos dias, o verdadeiro suplício da cadeia — o isolamento e a inação — começou a torturar intensamente o preso.

Já ele não se aguentava, nas longas horas de cisma, encolhido a um canto, concentrado e dormente, tirando vagas fumaças do cachimbo.

Já os pequenos detalhes da cela — o ninho de morcegos, a grande aranha preta do teto, as listas amarelas do reboco caiado e as réstias vivas de luz que entravam pela trapeira gradeada — em quase nada o interessavam.

Apenas lhe despertava a curiosidade um escrito rabiscado a carvão na parede suja, em grandes letras grossas e informes.

Ele via bem um O, um A, um M... o resto se perdia na névoa densa do seu conhecimento rudimentar, que não conseguia destacar mais nada.

Um O, um A, um M... que seria? Se ele não tivesse nenhuma noção do ABC, aquilo talvez não o interessasse tanto.

Mas as letras familiares chamavam, obcecavam a sua atenção dispersa, com uma atração poderosa:

O... M... A...V... Se as letras todas fossem maiúsculas!

Mas o diabo eram umas pequenas, tortinhas... Quem não sabe escrever, pra que se mete?

E ele ainda ficou muito tempo, com a testa franzida, sério e fixo, no esforço de compreender.

Afinal cansou e deu alguns passos rápidos pela cela, circulando-a em pernadas bruscas que significavam a sua impaciência, o cansaço daquela inércia.

Parou na grade. Ao fundo do corredor, animando-o, como uma figura nova num cenário vazio, um preso, com um canivete, afeiçoava vagarosamente um pedaço de madeira.

Lá de longe, dum alpendre vizinho à cadeia, onde se alojavam os soldados, chegava a fala de Seu Doca.

Muito tempo, João Miguel ficou olhando o preso que trabalhava na madeira com atenção paciente.

O homem tinha a cabeça imóvel, o corpo imóvel. Só o antebraço e a mão moviam-se em gestos rápidos, mas seguros, fazendo saltar pequeninas aparas que voavam em torno dele como mariposas.

Um calor abafado, morno, pesava sobre as coisas, ali dentro.

O homem do canivete fazia voar com mais frequência os pequenos insetos de madeira.

E, no esforço em que se concentrava, a sua atenção parecia espalhar-se pelo corpo todo, baixando-lhe a cabeça, prendendo-lhe a ponta da língua entre os dentes, como se tudo procurasse colaborar na obra cuidadosa das mãos.

João Miguel teve vontade de chamá-lo. E já ia iniciando um "psiu", quando um singular pudor o deteve.

Pra que chamar? Era capaz do homem se pegar com prosa besta, ou até ir botar nome nele...

Pela primeira vez, na frente de um estranho, teve a intuição de sua situação especial de *criminoso*.

Sentia obscuramente que, de hoje em diante — só por causa daquele gesto que não durou um minuto (se o homem não tem morrido!) —, estava reduzido a ouvir coisas novas, insultantes, a que a sua vergonha não se habituara.

Mas tentou reagir.

E aquele homem, acolá, no fundo do corredor, tão quieto, não era também um criminoso?

Naturalmente um assassino? Sim, igual a ele, um assassino!

E animou-se: — "Psiu..." Mas parou, dominado novamente pela estranha confusão que não pudera abafar de todo.

Sim, talvez um assassino... Mas sabia lá? Podia ser também que não fosse...

Pode-se estar na cadeia por tanta coisa! Por roubo, por ferimento, por moça raptada... até por causa de eleição...

Quem sabe se aquele não estava ali por causa mesmo de alguma eleição?

E olhou fixamente a cara atenta do preso. Era... não tinha cara de assassino... Parecia até uma boa pessoa, trabalhando, tão apurado, no seu pedaço de pau...

Mas parou aqueles pensamentos, bruscamente.

E ele, João Miguel, ele, teria cara de assassino? Será que tinha nos olhos, na boca, na testa, alguma coisa que fizesse os outros verem em si um criminoso?

Nunca ninguém dissera que a cara dele era de assassino... E, no entanto... lá tinha ficado o outro, na lama roxa, com as tripas de fora...

Quem é que sabia lá o que trouxera aquele diabo para a cadeia? Ninguém traz nada escrito na cara...

É. Só podia ser isso... assassino... Igual a ele!...

Igual, mas já apanhado. Não era mais um brabo na cadeia, não era um novato como ele, que não sabia de nada, que não tinha ainda o cascão do conhecimento e da prática, pra se defender...

E *aquele assassino, aquele criminoso*, podia abusar disso, fazê-lo passar pelo que entendesse...

O homem, levantando a cabeça, livrou-o da sua perplexidade. Parou um momento o trabalho e perguntou, sem azedume, quase com simpatia:

— Como vai indo?

João Miguel encolheu os ombros. O homem ergueu-se e se aproximou:

— Tem se dado muito mal?

João Miguel repetiu seu gesto:

— Havera de me dar bem!

O homem marcou com cuidado um corte na madeira e murmurou lentamente:

— A gente no começo estranha...

João Miguel mais uma vez ergueu os ombros. E perguntou:

— Que é isso que está fazendo?

O preso abriu a mão e mostrou num toro de madeira o contorno de uma perna humana vagamente delineado.

João Miguel reparou atentamente.

— É um milagre?

— É. Faz tempo que é no que eu me ocupo. Todo o mundo que faz uma promessa vem me encomendar o milagre. Faço perna, faço mão, faço cabeça... uma vez fiz uma cabeça para uma mulher, que tinha um filho "com aquela doença de menino...". Era ver mesmo um anjo!

O preso parou, procurando afeiçoar melhor o contorno da perna.

— Mas, agora, o negócio está ruim. Andam enjeitando milagre de pau. Diz que os frades de Canindé só querem que se mande pra São Francisco milagre de cera, pra poderem derreter tudo em vela...

João Miguel murmurou:

— Tinha ouvido falar...

— Como se pobre pudesse dar milagre de cera! Agora, pra se pagar uma promessa a São Francisco, tem de se fazer o sacrifício dobrado...

Parou novamente para detalhar os dedos do pé, um a um, em golpes vagarosos, circulando maciamente o canivete.

João Miguel perguntou:

— Por que é que o senhor pode andar solto por toda a parte, se mal pergunto?

O homem ergueu os olhos, admirado da indagação:

— Por quê? E os outros todos não andam?

João Miguel exclamou ansiosamente:

— E por que é então que só eu fico aqui, na chave?

O homem levantou novamente os olhos e o canivete para explicar:

— Com você o negócio é diferente. Você ainda está no flagrante.

— O quê?

— No flagrante. Você ainda não foi pro sumário do juiz.

— Quer dizer que, depois que eu for a esse sumário, posso andar por aí?

O homem riu.

— Ah! Isso só se Seu Doca quiser...

E João Miguel, por demais ansioso com aquela esperança, insistiu:

— E o que é que a gente faz pra Seu Doca querer?

— Lá isso depende. Ele até não é pessoa ruim, não... Não virando a cabeça pra um lado...

— E tem alguém que ele não deixe sair?

— Agora, não. Tem até um velho que mora aqui perto; esse tem família, um bandão de filha moça. Passa o dia no roçado, e só de noite é que vem dormir na cadeia.

João Miguel não esgotava as suas surpresas de novato:

— E por que é que ele não foge?

O outro riu:

— Pra quê? Onde é que, fugindo, se escondendo, ele podia viver melhor do que aqui? Só tem mesmo essa obrigaçãozinha de vir dormir na cadeia.

— E qual foi o crime dele?

— Matou uma negra, com ciúme dela. Pegou vinte e dois anos.

— Pro mode a negra?

— Foi uma coisa horrível! Abriu os peitos da desgraçada, a machado...

João Miguel ousou indagar:

— E o senhor, quantos pegou?

— Oito...

— Por causa de quê?

— Besteira... Duas furadas de faca, mode um negócio de roçado...

Seu Doca apareceu na entrada e João Miguel pediu ao companheiro:

— O senhor quer me fazer o favor de chamar Seu Doca?

O homem foi até a porta, chamou o carcereiro, e ficou falando com alguém que estava fora.

Seu Doca veio. João Miguel disse, meio acanhado:

— Desculpe eu ter chamado... Mas eu queria saber... o senhor não pode me dizer que tempo eu levo para ir pro sumário?

Seu Doca encolheu os ombros:

— Isso depende do doutor...

— Que doutor?

— Do juiz. Às vezes leva é tempo...

João Miguel esgazeou os olhos, numa angústia:

— E, o tempo todo que levar, eu fico trancado aqui, neste buraco?

Seu Doca sorriu, superiormente:

— Isso depende...

— Mas de quê?

O carcereiro espalmou a mão, numa explicação convicta:

— Você ainda está incomunicável. Incomunicável eu não deixo sair. Nem eu, nem o delegado...

O preso baixou a cabeça, depois pediu:

— Então, enquanto não saio, me arranje por favor um trabalho em que me ocupe... Assim, uns olhos de carnaúba para entrançar um chapéu.

Seu Doca tirou o cachimbo:

— Isso você deve pedir à sua mulher, a Santinha... ela é que lhe pode arranjar.

E depois de uma pausa:

— Eu já conhecia a Santinha... Desde quando ela está mais você?

— Já entrou nos dois anos...

Seu Doca não pôde continuar a conversa porque um soldado assomou à entrada, chamando-o. O carcereiro virou as costas e avançou pelo corredor. João Miguel abandonou a porta, mas, ao voltar-se, deu com os olhos no escrito de carvão. Tornou à grade, chamando apressadamente:

— Seu Doca!

E quando o carcereiro se virou:

— O senhor sabe ler?

Seu Doca estranhou a pergunta:

— E por quê?

João Miguel apontou os grandes riscos pretos, inábeis e trêmulos:

— Mode aquilo que tem ali, lá na parede. Eu malmente ferro o nome... E faz tempo que pelejo pra ler...

Seu Doca teve seu sorrisinho de superioridade:

— Ah! Isso foi o finado Meia-Noite que escreveu... faz bem uns cinco anos... Foi quando pegaram a dizer que estava pra vir um redemoinho...

— E afinal o que é?

Seu Doca fingiu ler, mas realmente apenas repetiu a velha prece familiar:

— "Ó Maria concebida sem pecado, rogai por nós, que recorremos a vós..."

4

Santa lhe tinha trazido uma rede, a mesma rede listrada de azul e branco que se pendurava na salinha da casa deles.

Ali, no sujo ambiente da célula, tomara um tom desbotado de rede de doente ou de defunto.

Deitado, João Miguel olhava fixamente a sua mão, que se estirava sobre o pano da rede, abandonada num gesto negligente.

Os dedos escuros, de falanges curtas e unhas achatadas, pareciam-lhe ter, cada um, uma fisionomia, uma cara.

O polegar, dobrado, mal se via; o indicador se retorcia um pouco para dentro, como um corcunda ou como um cambaio; curto e grosso, rijo, na sua imobilidade de chefe, o médio se espetava. Uma argola de prata se enrolava no anular; e o dedo mínimo, pequeno, inábil, quase sem unha, tinha um ar de quem não era ninguém — menino entre gente grande.

Fugindo a um começo de dormência, João Miguel fechou a mão. E ao realizar o gesto lembrou-se do outro — o gesto inicial do crime, a mão fechada em torno do cabo de chifre da faca. Teve um estremecimento. Abriu novamente a mão, olhou-a com novos olhos, procurando-lhe a fisionomia especial de criminosa.

Mas, calma, inofensiva, pesada, a mão permanecia no seu jeito pacífico de repouso e de paz.

E, no entanto, aquela mão era a mesma... os dedos, agora trêmulos, tinham o mesmo aspecto dos dias antigos, das horas de trabalho ou de prazer.

A mesma...

Debalde, num exame ansioso, ele procurou o vestígio do crime, da faca, na mão fremente. Nada mudara nela, como nada mudara nele próprio.

E então, por que, na sua vida externa, tudo sofrera uma revolução assim estranha, dolorosa, irremediável?

Deixara de ser um homem, perdera o direito de viver com os outros, de andar, de falar, de abrir uma porta.

Era como um bicho feroz que se trazia trancado, para não fazer mal a ninguém.

Aquela gente que via dantes nele um amigo, um companheiro, enxergava-o agora como a um ente monstruoso que, depois de uma vida inteira, de repente, como um feiticeiro que se vira em cobra, aparece na sua forma nova de perversidade e malefício.

E, apesar de tudo, ele ainda era bem ele. Nada em si perdera o traço antigo. Nem na alma nem no corpo. A cara era a mesma, as mãos eram as mesmas, o coração era o mesmo...

O homem de depois do crime era o mesmo homem de antes do crime. E contudo era o antigo homem que sofria agora a pena feita para "o outro"!...

Porque aquele que sabia viver, que sabia rir, que tinha pena, que tinha saudade, que dava uma esmola, que rezava, não era o criminoso a quem todo o mundo insulta e que fazia medo aos outros, ali preso.

Ele ainda era bem o primeiro, o inocente. O outro só vivera um minuto — na hora fatal da morte.

Aquela rede familiar sentia-o o mesmo; o seu coração ainda era capaz de todos os sentimentos antigos. Só tinha feito, sem saber como, aquela desgraça.

E aquilo, afinal, num gesto só, um segundo só, poderia influir na sua vida inteira?

Tem criminoso e tem criminoso... Ele matara... mas não era criminoso...

Ou será que todo criminoso também se sente assim?

Novamente recolheu a mão imóvel. Findara a impressão de repulsa.

E aos poucos a mão amiga, pecadora, caiu-lhe no peito, pousada fraternalmente sobre a outra, a inocente.

Dormiu.

5

Um dia, pela manhã, apareceu o advogado. Era rábula de tipo clássico, miúdo e seco, todo de preto, uma dessas velhas, curiosas relíquias dos foros do interior.

Entrou com Seu Doca, que lhe abriu a grade da célula:

— É aqui, doutor...

O advogado passou a porta, empertigado, curioso, piscando por trás do *pincenez*.

O preso, assustado, se erguera da rede, que lhe ficou batendo nas pernas, parecendo também trêmula, também medrosa.

Afinal, o advogado disse:

— Bom dia!

Seu Doca saiu:

— Vou buscar um tamborete...

Quando ele chegou com o assento, o advogado ainda estava em pé fixando no preso ansioso o seu *pincenez* fuzilante.

Sentou-se então. E João Miguel sentiu-lhe o gesto formal, irritante:

— Sente-se. Na sua rede mesmo. Vamos conversar como dois bons amigos.

João Miguel continuava de pé, talvez sem entender que era com ele. O advogado insistiu:

— Tenha a bondade de se sentar. Preciso interrogá-lo.

O preso se abateu sobre a rede.

— É então o senhor o autor do crime sucedido no Putiú?

O caboclo baixou a cabeça.

— Inhor sim...

O velho firmou novamente o *pincenez*, que escorregava:

— Bem. Temos a confissão espontânea. Houve premeditação?

— Inhor?

O advogado descobriu os dentes ralos por entre a estopa amarelada do bigode.

— Pergunto se o meu amigo já pensava anteriormente em cometer o crime. Era inimigo do morto?

— Eu?! Eu nem conhecia ele, doutor!

O velho deu uma palmada no joelho seco.

— Então não houve premeditação. Foi o que me tinham dito. E por que matou?

João Miguel, estranhamente confuso, percebia apenas que, como o delegado, aquele homem devia significar a Justiça, e que urgia desculpar-se perante ele. Mas a sua história lhe ficava grudada na garganta, como um entalo.

— Eu, doutor, estava na festa... O senhor sabe... a gente pega com besteira... Às vezes tem cada sujeito atrevido, cachaceiro... A gente não pensa em fazer uma desgraça, mas vem o cão e se mete...

O advogado interrompeu:

— Qual foi afinal a causa do crime? Ciúme, cachaça? Vocês só se matam por terra, cachaça e mulher...

João Miguel baixou mais a cabeça, perdeu o fio da história. O homem insistiu:

— Foi cachaça?

— Foi, inhor sim...

O advogado passou em revista os elementos a favor:

— Confissão, falta de premeditação, embriaguez... Você estava completamente bêbedo quando matou?

— Bebinho mesmo não estava não senhor... Mas estava um bocado chumbado...

O velho afirmou com autoridade:

— É preciso garantir a embriaguez absoluta... Se eu consigo provar a privação de sentidos, dou uma rasteira nessa cambada!...

João Miguel não notava, mas a linguagem do velho rábula sofria de súbitos desmanchamentos, como um trem que vai indo e descarrila... O diapasão inicial tinha de quando em vez uma síncope.

E ele continuou no seu gesto empertigado como se houvesse anquilosado os ossos naquela atitude a prumo.

— Então, como dizíamos, embriagou-se e matou. Uma pequena questão, a briga depois. Foi de faca?

O preso murmurou de novo:

— Foi, inhor sim...

— Nada há mais a acrescentar em sua defesa?

— Acho que não tem não senhor...

Mas, quando o advogado foi-se erguendo, ele teve um arranco repentino:

— Só tem que eu nunca fui ruim, nunca fiz um malfeito, nunca andei desmastreado, nunca botei a mão no alheio... Sempre fui bem procedido, e nem sei como foi que vim a fazer isto... Se seu doutor quiser punir por mim...

O outro atalhou:

— Bem, bem... Vamos ver... Creio que posso fazer muita coisa. Agora é esperar a denúncia e o sumário.

Quando ele ia saindo, João Miguel perguntou:

— Foi a Santa que pediu pra vosmecê vir aqui?

O advogado mostrou de novo os dentes sujos, num riso inesperado naquela cara seca como uma fruta velha:

— Você tem advogada e tanto! Onde arranjou a Santa?

João Miguel fez seu gesto vago:

— Por aí... Ela era empregada na casa de uma mulher na Rua dos Sete Pecados.

O rábula repetiu o esgar risonho, e bateu no ombro do preso:

— Já o finado, meu pai, dizia que tudo que tem de bom neste Baturité vai para a Rua dos Sete Pecados...

*

Quando o velho afinal saiu, João Miguel afundou-se na rede, de cara contra o pano, sacudido por mil diversos pensamentos.

E ficou muito tempo, sonolento, semiconsciente, deixando que só a cabeça trabalhasse, numa febril confusão de ideias e receios.

Afinal levantou-se, olhou a penumbra do dia na parede:

— Deve ser nove horas. Hora da Santa chegar.

*

Toda vez que Santa chegava, era acompanhada de Salu. E vinham ambos sempre num fim de conversa animado, acabando um assunto que os alheava, que dava à fala de Salu um tom de quem explica qualquer coisa importante e lhe dava, a ela, um ar tímido, quase de menina.

Outras vezes, parecia haver entre ambos qualquer cumplicidade. Santa chegava risonha, atrapalhada. Salu voltava do meio do corredor, depois de lhe cochichar qualquer coisa, sorrindo.

Era já antiga aquela amizade. De antes de Santa viver com João... Mas nunca parecera passar do "bom-dia" e do "boa-tarde". Mas agora aumentara, era evidente.

João Miguel, sem querer, notava muita coisa. No entanto, o receio de uma certeza, o medo obscuro da solidão, do desamparo, que se seguiriam à deserção de Santa, faziam-no ir preterindo uma explicação.

Podia ser verdade, podia ser mentira... Há tanto falso no mundo...

Sabe lá!...

6

ALÉM DA PRESA que fazia a comida, havia outra mulher na cadeia, a Maria Elói, pobre criatura amarela e angulosa, toda olhos, o cabelo muito preto e escorrido caindo eternamente, um rolo frouxo, que lhe pesava sobre a esguia nuca ossuda.

Colado ao peito, trazia ela sempre um filho pequenino. E o outro, mais velho, seguia-a como um cachorrinho, calado e chupando o dedo, circulando os olhinhos doentes pelas paredes, pelas criaturas, numa perpétua indiferença que só de raro em raro o deixava chorar por sono ou por comida.

Quando alguém de fora, uma visita, passava defronte do quarto de Maria Elói, o último do corredor, onde ela levava o dia remendando os trapos, ou andando acima e abaixo com os filhos, ouvia-se a sua voz lamentosa, que gemia:

— Tenha compaixão destes dois inocentes que estão se criando na cadeia...

Depois ela explicava o "seu caso", com fala nervosa, empolgada pela recordação da rude tragédia, para terminar chorando e enxugando os olhos no velho casaco sujo.

Sempre seguro a ela, o menino mais velho ouvia, impassível.

E, quando a pessoa ia embora, e a mãe, na tipoia, se agarrava ao pequenino, num grande choro, ele vinha, manso, se aninhava ao lado, a princípio com os olhos teimosamente fixos no telhado, até que adormecia, num sono muito quieto, sem se perturbar com as moscas que lhe pousavam na carinha rajada, acostumado àquele acalento de pranto e de desespero.

*

A outra, a Filó, a quem Santa, de vez em vez, dava um dinheirinho, chegava à porta com o prato de folha, passava-o entre os varões da grade, com jeito, para não derramar o arroz mole e o feijão.

— Bom dia, Seu João. Está aqui seu de-comer.

Se Seu Doca estava por perto, abria-lhe a porta trancada, ela entrava com a comida, sentava-se, esperava que o outro terminasse.

Em Filó, o que sempre admirava João Miguel, era a faceirice constante, o eterno pó de arroz, os eternos brincos, o cabelo *à la garçonne* com um pega-rapaz no meio da testa, os lábios roxos pintados, mostrando, num riso largo, os dentes brancos de louça.

Podia vir com o vestido rasgado, sujo de picumã e tisna da cozinha com que lidava. Mas na cara roliça e alegre as duas rosas de tinta de papel floriam sempre e do cabelo bem aparado escorria óleo cheiroso.

E era realmente inesperada, naquele corpo sujo e gordo de cozinheira, a cabeça pintada de mulher de ponta de rua.

Talvez fossem os restos do seu passado galante, interrompido pelo drama que a trouxera à cadeia: uma bebedeira, uma questão, uma navalhada e um desgraçado que rolara, debaixo da mesa, com os gorgomilos cortados.

Era conhecida velha de Santa, que a perdera de vista desde os tempos do crime; e as efusões do encontro de ambas, aqui, surpreenderam João Miguel.

— Você por aqui, bichinha?

— Pensei que lhe tivessem mandado para a cidade. Também nunca ando pra estas bandas da cadeia...

— Já agora carece se estirar até cá, que tem quem lhe chame... Não é, Seu João?

Santa olhava a presa e lembrou:

— Se não me engano, a última vez em que lhe vi, Filó, foi em casa do finado Pedro Luísa...

— Foi mesmo na véspera do derradeiro dia em que andei solta. Você sabe que ele se acabou na outra noite...

— Me lembro, Filó... Vi dizer que ele judiava com você como o diacho...

— Isso é menos verdade. Nunca achei homem nenhum que me botasse a mão em cima.

E, esticando o beiço em direção do corredor:

— Nem aqui, nesta porqueira... O finado Pedro Luísa era até bom para mim. Eu, foi mesmo desgraça minha; parece que me deu um destino...

João Miguel, que era de fora e não estava a par desses romances antigos, interessou-se:

— Quem era?

Santa ia explicar, Filó a interrompeu:

— Era o diabo que fez eu me largar nesta infelicidade...

João Miguel ainda não aprendera as alusões sutis com que o pecado se cobre na boca dos criminosos. E perguntou brutalmente:

— Foi o que vosmecê matou? E por quê?

Filó encolheu os ombros.

— Sei lá! Destino! O senhor também não encomendou um?

Santa sentenciou tristemente:

— O que perdeu o João foi a cachaça...

E Filó ajuntou, como se desculpando:

— Eu também nunca perdi o costume de tomar...

As sombras dos dois mortos, evocadas por eles, passavam, sem que ficassem atrás angústia, nem remorso. Apenas a tristeza da reclusão e do castigo.

Foi Santa quem quebrou o silêncio:

— E como você vai vivendo, Filó?

Filó sorriu superiormente:

— A gente vai se arranjando. Sempre tem um ou outro que vai dando um vintém... E tem a comida dos presos...

João Miguel notou o riso canalha de Santa a sublinhar as vagas afirmações da outra:

— É. Sempre se vive... Já me disseram que Seu Doca é de lhe ajudar...

Filó acentuou o sorriso, irônica:

— Essa história da vida da gente, cada um é que sabe... Vá se fiar no que esse povo besta ignora e põe-se a bater com a língua nos dentes! Fosse eu perguntar também como é que você se arruma!...

Santa endireitou-se:

— De mim, meu bem, ninguém tem o que saber... Vivo sossegada no meu canto, lavando uns panos e engomando quando acho. Desde que o João foi preso, moro mais uma vizinha, a velha Leocádia. Se quisesse fazer, não tinha quem me pegasse. Mas esse que está aí me conhece. Não me troco, assim mesmo, por muitas que são casadas...

Filó olhou para João e soltou uma gargalhada:

— Isso de casada, quanto mais, pior é... Casam no padre e no civil, pra quê, não sei... Dê por visto a mulher de Seu Doca...

Santa cuspiu no chão:

— Tem muita cachorra melhor do que ela...

— E põe-se com parte de santa, querendo ser muito boa... Outro dia, porque foram falar a ela de Seu Doca comigo, saiu-se com esta: "Logo não vê que eu vou me importar! Mulher solteira que acaba na cadeia pode fazer sobrosso a ninguém!" Me bota de mulher solteira, mas eu sei por que é que ela não se incomoda com a vida do marido...

João Miguel abanou a cabeça, escandalizado com a maledicência das duas:

— Mulher se junta, pega logo a falar das outras...

Santa acudiu:

— Você defende porque naturalmente já teve o seu paleio com ela. Aquilo é uma que não enjeita mão...

Ele olhou-a, espantado.

— Eu? Eu nunca andei para estas bandas da cadeia!

E Filó riu:

— E carece vir aqui mode ver ela? Não é presa, vive solta, Seu João...

Mas Santa interrompeu:

— Deixa... Deixa ele se fazer de inocente...

João Miguel resmungou, aborrecido:

— Vocês, quando se pegam na besteira...

Filó se erguera, tomando o prato e a colher.

— Adeus, Santinha, está na hora... Tenho de ir atrás da louça dos outros...

João Miguel deixou-se ficar uns momentos na rede, pensando.

Depois voltou-se para Santa, que também se levantara para ir embora:

— Cadê o Salu?

A rapariga estranhou a pergunta, e respondeu com mau modo:

— Sei lá! Não ando nem pastorando ele!

O preso olhou-a fixamente:

— Você não é tão amiga dele?

— E que é que tem isso?

O outro disse com um modo novo de desconfiança:

— Admira você não saber... Cadê ele?

Santa sentou-se novamente.

— Que é que tu quer com essas perguntas, João? Já pega nos malditos dos teus ciúmes? Nem na cadeia se esquece?

O preso olhou-a com mais dureza, com mais desconfiança:

— E por que é que eu havia de me esquecer? Você andando soltinha, de canga e corda?

Mas a acusação pareceu revoltá-la:

— Se você soube de algum mal que eu lhe fiz, diga. Quando eu não me amarrei com ninguém foi pra não ser negra cativa!...

Ele irritou-se ainda mais com a agressão da mulher:

— Quem é que falou em você ser cativa? Se eu lhe mandasse, você não botava mais os olhos em cima daquele cabra...

Santa ergueu-se toda, num desafio:

— E por quê?

— Porque não botava!

Santa ficou calada uns instantes largos, olhando o preso que, na sua raiva, fechara ainda mais a cara já tão amarga. Mas logo volveu, subitamente acalmada, como se tivesse tomado outro partido:

— Para que todas essas besteiras, João? Se eu não quisesse ser firme a você, quem é que me empatava? Se eu não lhe deixo é porque não tenho outro em mente...

— Então pra que todo esse paleio com aquele cabra? Um soldado safado, que só aparece pra prender depois que a briga se acaba...

Ela continuou, no seu propósito de conciliar, interrompendo mansamente o preso:

— Por que você agrava o outro, João? Se ele lhe prendeu foi porque era o jeito. Nunca que ele lhe fez mal nenhum.

João Miguel resmungou:

— Eu é que sei...

A rapariga levantou-se e foi ao corredor, de onde voltou com um molho grosso de palha.

— Estão aqui os olhos de carnaúba que você pediu. Diz que este tanto dá para obra de dois chapéus.

— Poupando, pode até dar mais...

E ele desatou açodadamente o feixe, na pressa de encontrar um derivativo que o viesse roubar a miséria dos seus ciúmes, à desgraça da monotonia dos grandes dias vazios. Uma poeira branca de cera levantou-se quando afrouxou o arrocho da corda. Mas o preso interrompeu a sua alegria, com uma exclamação contristada:

— E faca, para cortar?

Santa juntou as mãos, entristecida:

— Ah! Nem me lembrei! Mas vou ver se arranjo lá fora, com alguém...

João Miguel, que a acompanhara, parou na grade aberta, indeciso.

Depois avançou, transpôs a porta, e seguiu-a resolutamente.

Ela se voltou, surpresa:

— Tu também vem?

E ele disse apenas:

— A porta não estava aberta?

Seu Doca, quando os viu chegar à entrada, despegou-se da calçada num gesto cioso de autoridade desmoralizada.

— Que diabo foi isso? Se a gente não corre pra trancar, vocês tomam a confiança e ganham o mundo!

Santa o interrompeu, procurando acalmar:

— Foi não, Seu Doca, não se agaste... O João queria ver se arranjava uma quicezinha, para acertar a palha que eu trouxe...

Seu Doca não abrandou, irritou-se mais:

— E mode isso carecia se largar pra cá? Um preso incomunicável? Não posso dar quicé nenhuma. Quicé é faca, e faca é arma.

Salu, que ouvia a discussão, encostado à parede, interveio:

— Pra que tudo isso, Seu Doca? Então o rapaz não é de se entreter com uma besteirinha dessas? Preso não é o cão. Está aqui o nosso canivetinho. Dê a ele, Santinha!

Seu Doca voltou-se para o cabo que passava o canivete às mãos de Santa:

— Está bom, também não vou fazer nenhum absurdo. Você deu, está dado. E agora, o senhor me faça o favor de voltar pro seu canto. Não quero que depois andem inventando que eu solto os presos sem ordem...

*

Quando mais tarde Seu Doca foi fechar a grade, João Miguel assobiava, entrançando entre os dedos a fibra macia, agitando desordenadamente as pontas de palha, que pareciam as pernas assanhadas de uma enorme aranha amarela.

7

Santa tirou o vestido, sentou-se na rede, e ficou uns momentos largos pensando.

João Miguel e Salu se lhe baralhavam na cabeça, se confundindo e se cruzando, às vezes como uma única figura, às vezes como mil figuras diversas.

Ela tentou isolar João Miguel, recordar o seu primeiro encontro, rememorar depois a vida em comum. Mas Salu vinha entremear todas as lembranças, aparecer indiscretamente em todas as recordações.

*

Dormiu.

*

Santa tinha morrido, ia bater na porta do céu; uma porta brilhante, dourada, parecendo que tinha luz por dentro.

Ouviu, direitinho a chave na fechadura fazer "reco... reco... trim!"

São Pedro apareceu.

— Olá, Sinhá Santa!

Santa estendeu a mão tímida:

— A bênção, senhor São Pedro!

São Pedro empurrou-a para dentro e fechou a porta.

— Deus te abençoe, Deus te abençoe!

Ela queria falar, mas não podia. Uma costura invisível lhe tinha fechado a boca.

São Pedro, com a grossa mão cabeluda amaciando a barba imensa, olhava a rapariga trêmula, e murmurava:

— Então, por aqui, Santinha... Quer entrar no céu? Você em vida não prestou pra nada, minha filha...

Santa não podia falar, mas, recordando os seus erros, pensava que é infinita a misericórdia de Deus... Dê por visto Santa Madalena...

São Pedro continuava:

— É difícil, Santa, é difícil... Não pelos seus pecados... Tem muita mulher-dama que se salva... mas você, nem como mulher-dama prestou...

Santa conseguiu dizer:

— Mas, Senhor São Pedro...

São Pedro estendeu a mão, e ela sentiu que se lhe reatavam na boca os pontos invisíveis.

O santo continuou:

— Você não teve sentimento... Quando o pobre do João se viu na desgraça, você largou o rapaz por outro... Só porque ele era infeliz... Seu direito era de ter firmeza, Santa...

Ela caiu de joelhos. São Pedro levou de novo a mão à fechadura. E a fala de despedida saiu lentamente da boca barbuda:

— Vá embora, minha filha, vá... Pela vida, não, que eu perdoava... Já não perdoei a tantas? Mas você não soube nem ser ruim do jeito das outras... Vá embora, vá...

*

Acordou.

*

Acordou estremunhada. Bateu na rede vizinha. Bateu, bateu, até a velha Leocádia acordar também.

— Sinhá Leocádia, eu estou com um medo! Sonhei que ia bater no céu e São Pedro não deixava eu entrar porque tinha sido falsa com o João... Tive tanto medo de São Pedro! Muito grande, muito gordo, com a cara toda barbuda e as mãos cheias de cabelo... Que é que quer dizer um sonho desses, hein, Sinhá Leocádia?

E, como a velha não respondesse, insistiu:

— Hein, Sinhá Leocádia, que é que quer dizer?

A velha estirou-se e cobriu a cara com a rede da varanda. De lá resmungou, estremunhada:

— Grandão, gordo, cabeludo? Sinal de que dá o urso amanhã.

8

AGORA QUE JÁ TINHA um serviço, João Miguel passava parte do dia fazendo longas tranças de palha, ao lado do milagreiro, que se sentava à soleira da porta, esculpindo os seus pedaços de anatomia.

A sensação angustiosa de espera, que tanto o martirizara nos primeiros dias de prisão, ia-se aos poucos abrandando.

Porque o que mais o torturava, a princípio, fora a indecisão sobre o seu destino, entregue às alternativas de bem ou de mal da justiça, feito um pau largado na força de uma correnteza.

A atitude permanente de defesa, que sentia necessária, afligia-o como uma insônia.

Imaginara, no começo, que ali, preso, tudo conspiraria para o comprometer, para o desgraçar, para o prender mais. Porém, com o correr dos dias, com a oportunidade de um trabalho manual, ia-se suavizando a tensão nervosa. E mormente o tranquilizou a indiferença geral por ele e pelo seu crime.

Já se entregava à sorte, disposto a tudo, até a ficar ali longos anos, os melhores anos de sua vida...

O milagreiro, que era solto ali dentro, não lhe abandonava a porta, sempre agarrado a um pedaço de pau e ao canivete, sempre seguido do enxame de cavacos.

Já lhe contara todos os seus passos, as paixões, as ambições, as boas e más fortunas, uma viagem ao Amazonas...

João Miguel notara:

— Também já andei lá no Amazonas...

— Você donde é?

— Dos Inhamuns. Mas vim de lá pequeno. Desde que me entendo, corro mundo...

O outro abanou a cabeça.

— Pra vir acabar aqui...

— Acabar uma história! Deus me livre de me acabar aqui!

O milagreiro encolheu os ombros e, na sua voz comprida, de vogais intermináveis, arrastou:

— Ora, eu, que só peguei oito anos, nem me lembro mais de sair... Quanto mais você, que ainda nem foi a júri...

E o homem contara o desespero dos seus primeiros dias de cadeia, e sua fúria:

— Mas, depois, se vai indo e acostuma. Você é até dos mais mansos. Parece que nasceu aqui... Cadeia acaba sendo o mesmo que o Amazonas... Você, que já andou por lá, por força se lembra. Tem uns que é só chegar, num instante se acostumam. Outros nunca passam de brabo...

João Miguel dissera apenas, torcendo cuidadosamente a palha:

— Uma coisa é ser, outra é parecer...

Porém, o fato é que a sua resignação era mais real do que simulada. Como todo caboclo, tinha, na alma, essa crença na fatalidade que tanto ordena o bem como o mal. Estava ali porque era destino... se cumpriu...

Não pensava no morto. E quando, a um puxavante da consciência, tentava recordá-lo, sentia-o estranhamente afastado de si.

Que tinha ele ali, agora, com esse desconhecido que morrera?

É verdade que a facada fora sua. É verdade. Mas por que não lhe ficara nenhuma marca no gesto?

A grande causa de esquecimento, a responsável pela pouca contrição da gente e a pouca constância no arrependimento, é o tempo não ser, como o espaço, uma coisa onde se possa ir e vir, sair e voltar... O que se passa no tempo, some-se, anda para longe e não volta nunca, pior do que se estivesse do outro lado de terra e mar.

Afinal, quem pode manter, num espelho, uma imagem que fugiu?

O Zé Milagreiro chegou a contar até a história da *sua morte:*

— Tinha meu roçadinho, Seu João... Eu mesmo broquei, encoivarei. Eu mais a mulher, rapando todo o dia com um caquinho de enxada, na terra braba. Inverno bom de legume, foi um milho e um feijão famoso. O milho já estava bonecando, o feijão florando. E o desgraçado todo o dia abria um buraco na ramada, metia a burra dentro. Eu reclamava, tapava a cerca. No outro dia, ia ver, estava a mesma presepada: a cerca furada e a sem-vergonha da burra estragando tudo. Fui ao miserável, perguntei se ele não tinha sentimento, se pensava que o suor dos outros era mijo da mãe dele... E aí pegou palavra daqui e de lá, e eu acabei lhe enterrando tanto assim de faca nos peitos. Pegou mesmo no coração.

Zé Milagreiro, enquanto conversava, acabava de esculpir uma cabeça de homem quase em tamanho natural, de perfil tristonho e pontudo, a cara fina e doentia de uma visagem.

Marcava apressadamente os olhos, a fenda estreita da boca, as pequenas orelhas duras e redondas como seixos, porque a encomenda era vexada, de longe, de um homem de Sobral que se botava pra Canindé: um doido corrido, que São Francisco curara, e ia, com a cabeça de pau, remir a sua dívida com o santo.

E, alisando no crânio chato do milagre a curva do cabelo na testa, Zé Milagreiro acrescentou:

— Eu não sou nenhum doido, pra pensar que é muito certo se matar um vivente... Mas também tinha a minha razão... E olhe, Seu João, só me botaram na cadeia porque os doutores pegaram com muita conversa, com história de que o outro era um pobre pai de família...

Seguro na mão do preso, o grande ex-voto de pau, suposta imagem de louco, fitava no vago o olhar estranho.

— Como se eu também não fosse pai de família...

João Miguel, que já costurara com a trança toda a copa do chapéu e passava à aba, indagou:

— E que é feito da sua família, Seu Zé?

— Andam por aí espalhados lá no Riachão, onde eu morava. A mulher vive de fazer renda, de apanhar legume na safra; o menino mais velho deu-se aos padrinhos... Uma mocinha que eu tinha casou com um cabra desgraçado, anda largada do marido... Sei lá o que é feito dela! Pai na cadeia, filho na desgraça...

Chegou junto deles um rapaz moreno, alto e magro, com as mãos nos bolsos da blusa desabotoada, um lenço vermelho no pescoço.

Acercou-se da porta onde os dois conversavam. Parou uns instantes, olhou a cabeça de pau e lembrou:

— É ver o soldado Chicute! Escritinho! Também nunca vi diabo da cara de milagre como aquele!...

Afirmou-se novamente no ex-voto, riu-se:

— Eh! Eh! Adeus, Chicute! — e saiu assobiando.

João Miguel comentou:

— Depois que estou aqui, é a segunda vez que vejo esta criatura.

— É porque ele vive lá fora, mais os soldados. Como não é criminoso de morte, tem mais vantagem que os outros.

— E por que é que ele está aqui?

O outro baixou a fala:

— Quando vem alguém, e pergunta por que é que está preso, ele diz que foi por causa de umas cacetadas que deu noutro... Natural, tem vergonha de dizer que é ladrão...

— E o que foi que ele roubou?

O milagreiro murmurou, mais baixo ainda:

— Você não vá dizer que fui eu que lhe contei, que ele se dana. Foi ele que arrombou a loja do velho Lulu, e carregou tudo, até o dinheiro da gaveta de segredo. E nunca disse a ninguém onde escondeu o roubo...

— É engraçado ele não querer que a gente saiba!... — E João Miguel riu. — Na minha mente, quem estava aqui não se importava de contar mais nada...

— Por quê? Pois eu acho muito direito ele não querer contar... Quem é que gosta de ter fama de ladrão, criatura? Mas antes matar do que pegar no alheio...

Dados os últimos cortes na cabeça, Zé Milagreiro separou-a pelo pescoço e ficou fazendo com o canivete, aqui, além, uns retoques.

João Miguel concluiu também os derradeiros pontos na palha.

E, pronto o chapéu, quebrou-lhe a aba na frente, pô-lo subitamente na cabeça polida do milagre.

— Olhe, Seu Zé, como o bicho está gaiato!

Vendo a estranha figura encarapuçada, dum ridículo singularmente doloroso que sugeria uma maldade ou uma profanação, Zé Milagreiro arrancou-lhe rapidamente o chapéu, como se receasse um castigo:

— Deixe disso, Seu João! Pode o santo se zangar!

9

João Miguel ficou esperando por Santa para ver se vendia o chapéu.

Mas, justamente nesse dia, ela custou a chegar e só veio muito tarde, muito mais tarde do que de costume, depois de Filó ter ido embora com o prato. Acompanhava-a Salu, como sempre. E trazia as chaves que Seu Doca cedera para que pudessem entrar no quarto do preso.

João recebeu a mulher com mau modo:

— Pensei que já não vinha mais!

Foi Salu que explicou:

— Fui eu o culpado, Seu João... Estive de visita lá na casa da Santinha, e só me lembrei de sair quando a velha Leocádia disse que já tinha passado a hora da moça vir ver você...

Santa riu:

— E eu não era de botar ele pra fora...

Salu deu uma volta na chave e empurrou a porta, dizendo:

— A conversa na casa da Santinha é tão boa que a gente se esquece até das obras de misericórdia...

Aumentou o furor do preso o cinismo com que o outro estadeava a sua intimidade com Santa; e ele fechou mais a cara:

— Que obras de misericórdia?

Salu sentou-se no caixotinho do preso:

— Visitar os encarcerados...

João Miguel por sua vez sentou-se na rede, e olhou o cabo fixamente, como se quisesse arrancar-lhe o sentido secreto daquelas palavras. E disse depois:

— Me ensinaram que essa obra de misericórdia é "visitar os *enfermos* encarcerados". E, como eu não estou doente, parece que não tem nada comigo...

Santa meteu-se:

— Deixa de ser mal-agradecido! O rapaz vem te visitar e você se põe com encrenca!

O preso irritou-se mais:

— Quem é que está com encrenca aqui? Só se for você!

— Bom, bom! — disse Salu, querendo conciliar, e se levantando do caixote para tirar do armador o chapéu de palha que João Miguel terminara. — Já foi você que fez, Seu João?

Santa tomou o chapéu das mãos do cabo:

— Menino! Como você está ligeiro, João! De primeiro, pra fazer qualquer casquinho, bote tempo...

— É muito diferente aqui, sem ter no que me enterta... A gente o jeito que tem é puxar...

Salu tirou da cabeça o boné amarrotado, já sem forma, e experimentou o chapéu:

— E está bonzinho que é um gosto! É de venda, Seu João?

Foi Santa que falou:

— Pra que ele havia de querer chapéu aqui dentro? Não é, João?

Salu continuava a rodar o chapéu na cabeça, satisfeito.

— Então, se Seu João tem é pra vender, eu fico com ele. Qual é o preço? Posso pagar logo.

João Miguel espalmou a mão no ar:

— Guarde o dinheiro, Seu Salu. Fica o chapéu pelo canivete.

O cabo tirou o chapéu, contrariado:

— Pelo canivete, não! Você pensa que eu quero alegar um canivete que lhe dei? Se dei, está dado! Eu lá sou homem pra alegar nada!

— Não disse que você estivesse alegando. Mas me fez um favor e eu gosto de fazer outro. Leve o chapéu, que é seu.

Salu tirou a moeda do bolso.

— Levo, porém só se for a dinheiro.

Mas João Miguel novamente lhe deteve o gesto.

— Guarde seu dinheiro, Seu Salu. O chapéu já é seu.

E, com um sorriso singular, acrescentou:

— Estou preso, mas ainda não estou de esmola não...

— Aceite, Salu — interveio ainda Santa. — Não tem no mundo ninguém mais soberbo do que o João.

Salu picou-se:

— Ora, Santinha, mas eu também tenho o direito de ter a minha soberba!

Santa riu, num riso que João Miguel supôs cheio de intenções ocultas.

— Pra quê?

E, para mostrar que compreendera, o preso repetiu:

— Sim, pra quê?

Como resposta, Salu pôs o dinheiro no bolso e o chapéu na cabeça.

João Miguel perguntara, para se mostrar à vontade:

— Aconteceu alguma novidade no Baturité?

Santa estirou o beiço, num gesto de enfado:

— Nesta desgraça lá acontece nada! Só se for o circo...

— Que circo?

Salu tirou o chapéu da cabeça e o pôs no joelho.

— Tem agora um circo, com dois palhaços...

João Miguel indagou de Santa:

— Você vai?

Ela deu um muxoxo e encarou o preso:

— Com quem?

Ele quase se enterneceu:

— Se eu não estou aqui, você, toda a noite, era rente lá...

Salu ajuntou, do seu lugar:

— Pois se não fosse a língua do povo, eu me oferecia para levar ela...

E João Miguel encolheu os ombros:

— Por mim...

Mas Santa, por trás do preso, olhou repreensivamente o cabo, enquanto dizia:

— Besteira, João! Que é que eu ia ver em circo, deixando você aqui?

João Miguel tornou, irônico:

— Que é que tinha? Ainda se eu fosse o palhaço, podia fazer falta...

— Você já pega com as suas coisas... Quando é que tu larga disso, João?

Salu riu:

— Mas ele até não está mandando você ir, criatura?

— Eu sei como é o mandado dele...

João Miguel se embalava na rede, fingindo não ouvir. Salu apanhou o velho quepe que jogara aos pés do caixote, e, com ele na cabeça, levantou-se, levando o chapéu na mão.

— Já me vou, Santinha. Cumpri minha obra de misericórdia, mesmo sem ser pelos gostos de Seu João...

João Miguel, na pressa de o ver pelas costas, fingiu não entender a ironia. Mas ainda disse, quase sem querer:

— Vai porque quer...

Salu pôs a mão na chave e abriu a porta:

— Não, vou chegando, que é hora... Adeus, Seu João. A chave fica com você, Santinha.

Saiu.

João Miguel voltou-se para Santa:

— Por que é que ele não disse adeus a você?

A rapariga, que entrançava distraidamente uns sarrafos de palha, fez um gesto de indiferença:

— Sei lá!

— Sabe não, Santinha? — E o preso riu, furioso. — Sabe não? Pois, na minha terra, quando uma pessoa sai e não se despede de outra, é sinal que ainda vai se avistar com ela...

— E que é que tem que ele me veja? João, eu já lhe disse muitas vezes que não sou negra cativa...

— Eu sei que você é negra forra...

— João, se você pega a insultar comigo, nunca mais boto os pés aqui!

— Pois não bote!

Ela começou a chorar com força:

— Que precisão tenho eu de andar ouvindo tudo o que vem na boca desta criatura!

— Precisão eu sei que você não tem mesmo nenhuma...

— Vamos, dê logo em mim, ande! É só o que falta! Dê, como você me deu naquela vez, ande!

João Miguel saltou donde estava, segurou nervosamente os punhos da rede:

— Largue de ser mentirosa! Quando foi que eu lhe açoitei? Nunca na minha vida botei a mão em cima de mulher!

Ela, porém, continuava, soluçando histericamente:

— E depois me costure de faca, como fez com o outro... É só o que falta... ande!

Ele se sentou no outro lado da rede e fê-la virar a cara:

— Pra que você se põe com isso? Quando foi que eu lhe dei, que eu quis lhe matar? Largue de conversa!

A fala quebrada de Santa saiu no meio dos soluços:

— Então pra que você faz isso comigo?

— Isso o quê? Eu fiz nada com você? Agora eu não posso é gostar que você ande metida com o sem-vergonha daquele cabo...

— Eu não ando metida com ninguém...

— Vir até me ver mais ele! É querer mesmo que eu me dane!

A rapariga descobriu os olhos:

— Mas, se eu vim junto com ele, é porque não tem nada demais.

E, como João Miguel se calava, de cabeça baixa, ela, ainda com a fala e os olhos molhados das lágrimas, passou-lhe as mãos em redor do pescoço, suavemente:

— Deixe de besteira, João... Ciúme não dá futuro... Não vê que sua cabocla velha só quer bem neste mundo a você?

*

João Miguel a abraçou.
E um punho da rede estalou, gemendo.

10

Nessa tarde, a paz da cadeia foi violentamente perturbada pela vinda de um pensionista novo. Era um homem entre trinta e quarenta anos, gordo, pálido, de bigode curto e nariz redondo, os olhos miúdos e pisca-pisca, e os cabelos duros aparados à escovinha.

Ao entrar, carregavam-no à força quatro soldados, entre os quais ele se debatia em puxões enfurecidos, atirando-lhes murros pesados do grosso punho. E gritava:

— Cínicos! Patifes! Não veem que estão maltratando um cientista?

João Miguel ouviu os soldados que seguravam o preso dizerem para Seu Doca, que acudira:

— Ande, Seu Doca! É um doido que tem de ir amanhã pro Asilo. Correu ainda agora nuzinho, no meio da praça!

— O delegado mandou trazer pra cá. Quase que a gente não pode sujigar ele!

Seu Doca, gordo, assustado, escorregando nos tamancos, abriu às pressas a grade de uma cela.

O doido, mais empurrado e furioso ao ser trancado, começou a esmurrar danadamente a grade até fazer sangue na mão.

Ao ver o sangue, parou, olhou a mão magoada, passou-lhe a língua por cima e ficou um momento considerando o ferimento; mas, repentinamente, deu novo grito e novo murro:

— Sangue! Botei sangue! Sangue de sábio!

E começou a rasgar a roupa.

— Eu não posso ser preso! Eu sou um homem útil! Pobrezinho de mim! Foi o Coronel Esteves que fez minha infelicidade! Porque eu sou um homem útil! Um rapaz distinto!

Parou uns momentos, pensando. Ao fim, agarrado às grades, entrou num grande choro angustioso:

— Um rapaz distinto! dis... tin... to! E sábio! Foi o patife do Coronel! Miserável, assassino! Botou minhas irmãs a perder! Toda a minha desgraça! Minhas irmãs, eu... eu!

Os soluços já engoliam as sílabas, o longo monólogo incoerente foi-se atrapalhando cada vez mais.

Até que se acabou tudo, choro e fala, e o louco ficou agarrado à grade, calado e alheio.

Nisso, Santa apontou na entrada do corredor.

O louco, a princípio, não a viu; ela, porém, teve de lhe passar defronte, para se dirigir à cela de João Miguel; e, vendo-a, ele recomeçou aos gritos:

— Botem essa mulher pra fora! Não veem que eu não posso ver mulher? Faz mal à ciência! É só quem faz mal à ciência! Não vê que as minhas irmãs estragaram a ciência? Botem essa mulher pra fora!

João Miguel, que, nessas horas do dia, já conseguia ter a porta aberta, introduziu às pressas a rapariga, que entrou muito assustada:

— Credo! Quem botou esse desgraçado aqui? A cadeia já virou asilo?

— Diz que veio só por um dia, enquanto espera pelo trem...

Santa sentou-se, sacudiu as saias, levou as mãos ao cabelo, ainda mal refeita do susto.

— Nem que eu morra de velha, não deixo de ter medo de doido!

João Miguel, entretido em espiar o louco, respondeu, distraído:

— É horrível...

Santa levantou-se e, pondo-se escondida por detrás do preso, espreitou também. E murmurou:

— É uma dor de coração! Quem havia de dizer o fim dessa criatura!

João Miguel voltou-se:

— Donde você conhece ele?

Ela o olhou, admirada:

— E tu também não conhece, João? Aquele moço da casa de seis janelas, do lado de lá da feira?

Ele abanou a cabeça:

— Nunca ouvi nem falar...

Santa impacientou-se e recordou com insistência:

— Credo, João, aquele que mandou cavar um buraco na sala dele, que era pra ir bater do outro lado do mundo...

E, como João Miguel insistia em afirmar que não, ela acabou concordando:

— Então não foi do seu tempo... Esse homem foi rico, tinha fazenda de gado e sítio na serra... O pai dele era dono de uma loja na praça... Diz que ele andou no seminário, e largou já perto de ser padre, porque não acharam que fosse muito bom do juízo. Depois deu pra ter tudo quanto era mania esquisita. Foi botando fora tudo quanto tinha, inventou uma intriga com o Coronel Esteves, as irmãs dele foram-se embora pra Fortaleza... Ficou só, e não se desenganou do tal de buraco, cavava com as mãos dele, arrumava umas rodas e umas caçambas e andava virado mesmo um carpina... Quando foi hoje, correu doido...

João Miguel voltou à porta, murmurando:

— Coitado!

O doido, que recomeçara a falar só, viu-o. E disse alegremente, cortesmente:

— Cavalheiro! Venha cá! Eu quero lhe expor as minhas ideias sobre religião e ciência...

E, como João Miguel não o atendia, continuou, metendo a mão através da grade, gesticulando para fora numa mímica exuberante e desordenada:

— É simples, a teoria... extremamente simples... E vem acabar com tudo: religião, eletricidade, vapor... Com a minha teoria soluciona-se tudo... Aproveita-se o calor irradiante do centro da Terra. Capta-se na fonte, e depois de transmissor em transmissor... Olhe, assim... — e rolava uma mão na outra, como quem gira uma roda — assim... Movimento por movimento... Um produzindo outro... Dispensa o sol, dispensa até Deus... Pra que Deus? Calor é vida e a vida é que vai se gerando a si mesma... Não tem precisão nenhuma de Deus... basta que Deus olhe... e daí, não tem precisão nem que Ele olhe!... Devia ter olhado era para as minhas irmãs! e para o sem-vergonha do Coronel! O Coronel!... ai, meu Deus! pobre de minhas irmãs!... E eu? um rapaz distinto, sábio, vítima da ciência! ai!... ai!...

João Miguel voltou-se para Santa:

— Tem cada doido que fala difícil!

— Este é porque é muito aprendido...

O preso marchou ceticamente para a rede.

— Está aí. De que serve se ter a cabeça boa pra estudar?... Só pra ficar doido mais depressa...

Seu Doca atravessou o corredor. O louco chamou-o:

— Ei! Meu padrinho! — Seu Doca apressara o passo. — Meu padrinho! Um momento! Um momento de atenção!

E, como Seu Doca retrocedia, irresoluto:

— Venha cá! Eu sou um rapaz distinto... — E, baixando a voz, confidencialmente: — Você sabe o que aconteceu às minhas irmãs? Mande prender o Coronel, o miserável do Coronel...

E, mais insinuante, com um brilho de promessa nos olhos alucinados, o ar feliz de quem acena com uma bola de ouro:

— Vá, que depois eu lhe explico a minha teoria... científica e religiosa...

Deu um risinho.

Seu Doca aproveitou para fugir.

— Deixe estar que eu vou... fique quietinho aí que eu vou...

O doido espalmou a mão no ar, com o braço enfiado através da grade.

— Vá! Vá com Deus!... com Deus não, que eu já acabei com a necessidade de Deus...

Retirou o braço, entrou a passear no quarto:

— Vá só! Vá com o diabo!... Ah! não é que depois da minha teoria pronta me esqueci do diabo! Está aí! Acabei com Deus, e não pensei no diabo!... isto é, não pensei no diabo porque sou um rapaz distinto... ando enfraquecido, mas sou distinto... ando enfraquecido por causa de minhas irmãs... e do Coronel... Cachorro!... ai, meu Deus! Ah! Ah! ai, meu Deus! ai, meu Deus!

João Miguel olhou.

Perto da porta, de cócoras, com a cabeça entre as mãos, o doido tinha começado a chorar desesperadamente.

11

Quando no dia seguinte, de manhã, o doido foi-se embora, empurrado e uivando, parece que a cadeia ficou mais quieta e mais triste.

O tempo, bonito pra chover, estava tão escuro que João Miguel mal conseguia enxergar o trançado do chapéu que começara.

Talvez por causa da ameaça de chuva, Santa não vinha.

Aliás, ia rareando cada vez mais as visitas. Havia nela uma diferença vaga, que ele não compreendia bem, mas o preocupava e afligia, perturbando-lhe as longas horas de solidão.

Às vezes olhava-a, sério e fixo, muito tempo, muito tempo; depois perguntava:

— Que é que tu tem?

E ela desviava a vista para o outro lado:

— Nada...

Ele insistia:

— Diz! Que é que você tem, hein?

— Nada, criatura! Que é que eu havia de ter?

Naquele dia, ela não vinha. Por quê? Já bem dez horas... Triste de quem se fia em firmeza de mulher!

Onze horas, meio-dia, duas horas... quatro, cinco...

À boca da noite ela enfim chegou.

João Miguel estava na soleira da porta, calado e triste, ouvindo o milagreiro que conversava.

— Você hoje veio cedo!

Ela se desculpou, risonha:

— E fazendo o quê? Umas besteiras! Mas pega o diacho do empalhe, uma coisa daqui, outra dali, quando dei fé o dia tinha se passado...

— Essa história de vir aqui todo o dia, alguma vez havia de lhe cansar...

O milagreiro sentenciou:

— Não tem uma que não canse. É muito raro mulher de preso que sustente a mesma pisada toda a vida...

Santa atalhou:

— Não diga isso, Seu Zé! Tem muita mulher firme no mundo!

O milagreiro, hoje sem trabalho, olhou-a, incrédulo, depois curvou-se para cortar um canto de unha com o eterno canivete.

— Já estou amarelo de ver isso, Santinha... Todas começam muito querentes. Mas do meio para o fim... Não vê a minha?

João Miguel entrançava a palha, calado. Santa sentara-se no batente, nervosa, irritada.

— Porque a sua foi assim...

O milagreiro olhou-a:

— Qual! Se fosse só a minha! E a minha, ao menos, só o que fez foi rarear as visitas... Tem outras que, mesmo nas barbas do besta do preso, andam aí com os seus paleios...

João Miguel foi largando a palha, olhando o outro.

Santa insistia:

— Por haver umas sem-vergonha, você não pode botar a tacha em todo o mundo...

O milagreiro riu:

— Quem é que está botando tacha em todo o mundo? Eu só falo no que sei!

João Miguel largara de todo a palha, e perguntou, rouco e pálido:

— E o que foi que você viu?

Zé Milagreiro encolheu os ombros:

— Eu? Nada... Estou falando por falar... Cada um diz o que sabe e aprende o que não sabe...

João Miguel olhou para Santa, que, como ele, estava séria e pálida. E insistiu:

— Não, você queria dizer alguma coisa... A gente não pega a falar assim em certos assuntos, sem ver de quê...

E concluiu, retomando subitamente o trabalho, com a mão febril:

— Eu sei bem o que é...

Foi Santa que tomou a ofensiva:

— E o que é?

Ele parou, encarou-a.

— Você é que vem perguntar o que é? Não achava melhor se tivesse mais sentimento?

— Se você pega a insultar, vou-me embora...

Ele revidou, mais agressivo:

— Era melhor que não tivesse vindo! Desses sobejos de visita, o cão que queira! Sei lá de onde você veio!

Zé Milagreiro quis acalmar:

— Deixe disso, Seu João...

— Por que deixe? Você não foi quem pegou com história? Não foi você mesmo quem entendeu pra pior?...

Santa dera uns passos.

— Bem, eu vou-me embora. Não estou para aguentar azeites de ninguém, não...

Quando ela ia transpondo a porta, João Miguel gritou:

— Pode ir! Ninguém te agarra! A estrada corre pra lá e pra cá!

Zé Milagreiro sorriu:

— Não carece ensinar não, Seu João... Ela já sabe disso há muito tempo...

Ela se sumiu. O milagreiro levantou-se.

— Seu João, você viu que eu não quis fazer fuxico. Nunca me importei com vida de ninguém! Por isso, falei mesmo na cara dela. E é porque eu sou seu amigo...

— ...

— E, como seu amigo, pensei em fazer você prestar atenção a certas histórias. A maior desgraça de um homem é quando uma diaba dessas principia a lhe fazer coisas atrás das costas...

João Miguel sentia obscuramente que aquilo não era inesperado. Bem que um pressentimento o avisara, e as palavras do milagreiro chegavam-lhe aos ouvidos como o eco de uma conversa anterior... mas, na sua covardia infinita, que não sabia explicar, perguntou apenas:

— Que é que você sabe, Seu Zé?

O milagreiro começou a riscar no chão com a ponta do canivete.

— Saber, não sei de nada... Mas o povo todo ignora o procedido da Santa por aí... E afinal você tinha que ouvir...

O canivete rangia, atritando a terra, e João Miguel, que se arrepiava, segurou a mão do outro:

— Pelo amor de Deus, Seu Zé, largue disso!

O preso voltou a esgravatar as unhas e concluiu:

— ...e eu como seu amigo...

Mas João Miguel o interrompeu, irônico:

— Não quis deixar de me fazer o favor...

Zé Milagreiro estendeu as mãos:

— Não foi pra lhe agastar, Seu João, nem pra fazer mexido... que eu acho que homem não tem que se meter com roupa suja de mulher... Mas você sabe que essa canalha da cadeia é ruim. E já andam lhe botando nome...

— Se botam, é de sem-vergonha! Todo o mundo sabe que ela não é minha mulher! Pode hoje estar comigo, amanhã com outro...

— Mas enquanto ela vive mais você, sua é, não é mesmo? Daí, só falei pra seu bem... Se lhe agravei, desculpe...

João Miguel deixou que o companheiro fosse embora. Depois ergueu-se, guardou o canivete e as palhas, e veio se sentar na rede, para pensar.

Mas voltava-lhe à cabeça o mesmo vazio do dia do crime. Apenas sentia, como há pouco, a sensação do fato previsto, esperado. Qualquer coisa, lá dentro, já lhe dizia que isso ia *acontecer*. E o seu gesto de leão, o seu gesto de vingança, que seria a desforra de tudo, esse, falhava... Parecia que tinha as veias ocas... como se a cadeia lhe houvesse chupado a coragem e a força de homem.

Pois a situação de preso era o que mais o retinha. Estivesse lá fora, solto, meu Deus! — quem é que havia lhe tirado mulher, até o dia de hoje?

Mas, ali, imóvel à força, ou fazia uma coisa ou outra: ou fechava os olhos ou perdia-a. Ou rompia de bruto e lhe lançava na cara suas traições, sua infâmia... Cachorra! Ah! expulsá-la a pontapés, a bofetadas... Cachorra!

Mas, expulsando-a, nunca mais voltaria... Nunca mais! E estava, ali, tão só!... cada vez mais só, mais triste...

Quando uma mulher entra assim na vida da gente é muito difícil enxotá-la e esquecê-la. Mesmo que seja ruim, falsa...

Cachorra!

Falsa! Tão falsa quanto as piores. Daí, toda mulher é tão falsa que outra qualquer que chegasse era de ser falsa também...

E pode ser até que Santa não fosse das mais ruins...

Tem tanta mentira no mundo! Podia ser mentira; um bocado de exagero, pelo menos...

Tinha era que vigiar, ver se era mesmo; não diz que coisa mais difícil de encontrar no mundo é a verdade?

Ai, seria possível? Ainda agora pensava que não, mas tinha que ser. Não ia todo o mundo falar, fosse mentira. Ah! cachorra! Só porque ele estava ali, preso.

De primeiro era tão querente, tão boa! Ele estava solto, pagava tudo!... Afinal, o que toda mulher quer é um homem de seu.

Pouco se importa com essa história de bem-querer, de amizade, de firmeza.

Se um não serve mais, vai pra aquele, como quem muda de roupa dum baú para outro.

E ele ia ficar só, como um gato de tapera... pobre bicho sem dono, numa casa abandonada...

Cachorra! Quando acaba, vivia jurando tanta firmeza!

"Se eu me esquecer de você, João... nem sei!... É capaz do céu cair!..."

Dava vontade era de matar logo, como tinha feito com o outro. Matar os dois, ela e o sem-vergonha do Salu... cabra desgraçado, sem sentimento, que só tinha ação para tomar o que os outros não podiam guardar... E um miserável desses era que vinha botar sentido nos presos, como se ele prestasse mais do que muito assassino...

*

Lá de fora, vinha, monótono, o som de uma cantiga.

João Miguel olhou.

Sentado na soleira da porta, um preso tocava viola, cantando.

A canção, dolente, nasalada, de notas intermináveis, era de uma tristeza infinita. Falava em navalhada, em saudade e em traição de mulher.

João Miguel pensou:

"Outra que é falsa!"

A cantiga gemia agora sons inarticulados, sem palavras. E era mais triste.

O preso voltou para a rede, meio entorpecido naquela ilusão da música.

A chuva anunciada pela escuridão da tarde não viera.

E até mais de meia-noite a viola bateu, o homem gemeu a sua toada lamentosa, e João Miguel ficou na rede, indo e vindo, indo e vindo, escutando os diabos dos versos que falavam em navalha, em saudade e em traição de mulher.

12

Santa procurava um pretexto; um pretexto bem grande que explicasse tudo e mormente que a livrasse da sensação de vergonha e dó — vergonha acompanhada de medo, para dizer a verdade.

O preso fixava-a, com um olhar parado e triste, onde se liam ansiedade, angústia, desespero e desconfiança.

Mas Santa não encontrava a palavra procurada, nem a ideia necessária, diante daquele olhar que a esgravatava, e onde lhe parecia que dormiam todas as astúcias e todas as perversidades. Afinal, não podia se esquecer de que João Miguel já tinha matado um — e a bem dizer sem motivo.

Ele agora se lamentava:

— É. Eu fui ter muita fé. Besta fui eu, em me fiar em vergonha de quem não tem...

Ela procurou comovê-lo:

— Pra que você me bota nome, João?

— Já lhe botei algum que você não mereça?

Meu Deus, que diria? Que desculpa, que mentira? Tinha que haver uma saída! Mas só a verdade bruta lhe ocorria:

João Miguel preso, e Salu, e o fingimento, a traição, a mentira de todos os dias... Por que não a dizia então?

João Miguel resmungava agora:

— Você já está tão feita na sua ruindade que não pensa mais nem em arranjar desculpa!

— Não tenho desculpa que dar...

— É... Pra que se desculpar com o besta do preso que está aqui amarrado, sem poder fazer nada?

— João!...

— Você só sabe dizer isso: e "João! João!" Por que é que não conta tudo direito? Por que é que não explica essa história que o Zé Milagreiro diz?

— O Zé Milagreiro é um desgraçado, um miserável, que vive de levantar falso aos outros!

O preso mastigou a sua fúria para dizer:

— Mas, se é mentira, por que você não conta a verdade?

Santa baixou a cabeça e concentrou-se. Depois, começou com a fala surda e o gesto decidido de quem afinal se resolve:

— João, eu não queria te dizer nada, pra você não ficar com raiva de mim, quando eu só fazia isso por teu causo. O Salu vive mais Seu Doca, Seu Doca segue os conselhos dele pra tudo; você não se lembra da história do canivete? E eu vi que, se você tivesse o Salu por inimigo, nem o cão havia de levar uma vida pior. Por isso tratei ele bem, dizia adeus quando chegava e saía, procurando agradar. E aí o Salu pegou com um paleio para o meu lado, se fazendo de muito delicado, me adjutorando quando eu tratava de arranjar qualquer coisa pra você. E eu, pra ele não se danar, e você é que tinha de pagar o novo e o velho, vou me fazendo de desentendida, sempre trato dele bem, dou-lhe uma tigela de café quando vai lá em casa. Se pouco lhe falo nisso é porque sei da sua natureza, e tive medo que você fizesse alguma arte. Agora, esse povo ruim começa a ignorar tudo, e a botar mal no que não tem...

João Miguel olhou-a bem de frente, e Santa viu que a expressão de desconfiança e de ira se acentuava.

— Que ele vivia lá eu já sabia! E você acha que é muito certo ter um xodó com esse cabra pra poder punir por mim?

— João, quem foi que lhe disse que eu tenho xodó com ninguém? Então, o rapaz ir lá em casa, conversar comigo mais a velha Leocádia, isso pode ser xodó?

— E quantas vezes ele já foi lá?

— Inda ontem Sinhá Leocádia disse ao meu pedido: "Seu Salu, você deve vir aqui as menas vezes que puder. A Santinha, a bem dizer, é uma viúva, e você sabe que viúva é toco de cachorro chover..."

João Miguel acentuou a prega amarga da boca, sua cara pálida tomou uma expressão de crueldade, e ele murmurou:

— Boca de viúva... Chamar de viúva a militriz...

Santa olhou-o com os olhos secos, desesperada, e sibilou:

— Se você me bota de militriz, pra que faz tanta conta de mim? Ninguém se ocupa em querer amarrar mulher à toa, não!... Se eu sou alguma cachorra, é muito fácil, é só me largar que logo acho dono!

João Miguel riu:

— Você tinha de se sair com isso...

— Saio, porque tenho a certeza de que você sabe que tudo que andam dizendo é a pura mentira, é o pior dos falsos! Se você acreditasse num pé que fosse dessas histórias todas, não estava aqui, falando comigo! Carecia que tu não fosse mais nem homem para ainda querer saber de mim!

Ela novamente o colocava dentro do seu velho dilema:

Se acreditava, por que se agarrava a ela? E, se não, por que a atormentava?

— Está bem, Santa. Faz de conta que eu não ouvi nada. Você jura que é muito boa, pois vai me dar as provas disso. Só lhe digo uma coisa: é que não é por toda a vida que eu fico trancado neste degredo não...

E Santa o viu que se sentava no caixote, e para liquidar o assunto tirava um fio de linha do novelo e se punha a costurar o casco de um chapéu.

13

F̲ILÓ ENTROU COM o prato de folha na mão, esgrimindo a colher, e gritou a novidade sensacional:

— Já souberam por aqui que o Coronel Nonato matou o Dr. Barretinho? Matou, indagorinha, com dois tiros. O homem caiu ali mesmo.

— Onde?

— Na rua grande, bem defronte da loja do Coronel. O doutor ia passando, o Coronel foi a ele, pegaram numa conversa alta, diz que o Coronel pedia: "Doutor, eu sou um homem velho, um pai de família! Pelo amor de Deus, não faça eu me desgraçar!" Não sei o que foi que o doutor respondeu; sei que o Coronel pegou aos gritos, bateu mãos na arma e, quando o moço correu, já era tarde.

João Miguel tomara o prato, mas não se lembrava de comer, no interesse da história. E insistia:

— Mas o que ele queria que o outro fizesse? Mode que era a briga?

— Dizem uns que era por causa de uns dinheiros, outros, de eleição, outros que tem rabo de saia no meio... Eu só sei é que o pobre do moço pegou uma bala bem no meio da arca do peito, e não teve tempo de dar nem um ai! Morreu com a alma dentro, coitado!

— E o Coronel já foi preso?
— Vi dizer que foi. O delegado não é inimigo dele?
— Quer dizer que ele vem para cá?
Filó escandalizou-se com a pergunta:
— Naturalmente! E para onde era de ir? Lugar de assassino não é na cadeia?
Depois de uma pausa, sorriu, a uma lembrança que lhe ocorria:
— Quando o Coronel dava às vezes um saltinho lá em casa, se fazendo de muito bom, acostumado a pagar rapariga da cidade, eu nunca pensei em ter que morar com ele na mesma casa, debaixo da mesma lei... Aquilo, quando ia na cidade, gastava de conto de réis e mais... Mas, aqui no Baturité, não tinha coragem de fazer tanto assim, que era pra mulher não saber... Quer ver que eu agora vou cozinhar também pra ele...
— Naturalmente a família manda a mesada...
Filó encolheu os ombros, incredulamente.
— Pode mandar nos primeiros dias, pra se mostrar... Conheço a fama da cobra cascavel da mulher dele...
João Miguel meteu a colher no prato e começou a mastigar lentamente, pensando. Filó ainda falou sobre o crime, expôs detalhes; e ele filosofou, enquanto engrossava com farinha o caldo ralo do feijão:
— Quando penso num homem como aquele cair na mesma desgraça que um de nós! De que serve ser rico, ter as coisas? Mais vale nunca ter sido nada!...
Filó comentou, incrédula:
— Ora, Seu João, vá ver se ele vem pra cá e cai na mesma desgraça que um de nós... E, se vier, há de ser mesmo

porque não teve outro jeito, e sempre é de ser num quarto melhor, asseado, com sua boa rede e sua boa comida... Rico é sempre rico...

João Miguel abanava a cabeça, mastigando.

— Mesmo assim, Filó! Um homem de família, que aprendeu, dono de terra!

Ela riu:

— Você ainda é desse tempo, Seu João? O Coronel Nonato começou como qualquer pé-rapado... O finado meu pai dizia sempre que cansou de ver ele, em menino, tangendo uma carguinha de couro, da Conceição pra cá. Depois foi que enriqueceu, quando abriu a bodega... só de roubar a pobreza...

O preso ergueu a colher no ar:

— Qual deles é que não rouba?

E Filó comentou, exaltada:

— Pois é muito bom que uns deem o pago pelos outros. Deus está no céu com Nossa Senhora e os anjos, Seu João! Tem muita gente que não acredita, mas Deus está no céu!

E, como João Miguel se calasse, pensando, ela concluiu:

— E, no final de contas, o outro é que foi para debaixo da terra, coitado... Um moço tão novo, tão bonito, com dois filhinhos... E o Coronel vem para as grades, que ele não é melhor do que nós...

João Miguel, que acabara de comer, entregou-lhe o prato. E ela, antes de sair, ainda comentou:

— Você é muito compadecido com os ricos, Seu João... Sou capaz de jurar que não foi criado em cozinha de branco. Queria ver se você tivesse, como eu, passado tudo quanto é desgraça em casa de patrão... Acabaram me soltando no mundo, com quinze anos, porque eu estava daquele jeito... E o filho era do moço da casa, bem dizer meu irmão de criação...

*

E o Coronel chegou, muito pálido, de paletó cáqui sobre a camisa desabotoada e sem colarinho, o cabelo numa mecha grisalha sobre os olhos de expressão ora dormente, ora alucinada.

O delegado, inimigo do preso, acompanhava-o entre os soldados, severo e mudo, trazendo, à frente, Seu Doca, que empunhava o molho de chaves como uma insígnia.

Abriram a cela vizinha à de João Miguel, que era também imunda e sórdida como um buraco de bicho.

O delegado meteu a cabeça pela porta e, apesar de tudo, envergonhou-se.

— Botem o homem aqui, mas só enquanto Seu Doca trata de fazer limpar um quarto e manda pedir uma rede à família...

O Coronel entrou sem resistência. João Miguel viu que Seu Doca trancava a grade. Salu e outro soldado se puseram de guarda à porta, que o preso tinha ordem de ficar incomunicável.

Daí a pouco, João Miguel escutou um baque pesado no chão e uma série desesperada de soluços.

E murmurou, como que reagindo talvez contra uma recaída nas dores do seu próprio drama, ainda tão recente, ao ouvir o choro do outro:

— Coitado! Esse deu na fraqueza!...

14

Já AGORA, JOÃO MIGUEL podia ir e vir pela cadeia toda, naquela ilusão de liberdade que o deixava andar pela porta das celas alheias, pelos corredores, pelo alojamento dos guardas.

No seu quarto, o milagreiro dormia.

No alpendre, Chicute e três soldados se acocoravam em torno de um caixote, numa banca de sueca.

As cartas imundas, roídas, irreconhecíveis, batiam com força no tabuado de pinho, e as mãos grossas dos parceiros se crispavam sobre elas, ou as empurravam no jeito enojado de quem perde, ou as expunham, vitoriosas, no gesto triunfal de quem ganha.

João Miguel parou, peruando. Chicute, constrangidamente, chorava um sete. João Miguel não se conteve:

— Olha o relo, com o ás!

Um dos soldados, o que tinha o ás, virou-se:

— Peru calado ganha um cruzado...

João Miguel encabulado afastou-se.

Ao lado, no fim do corredor que levava ao quintalejo da cadeia, a Maria Elói, na sua eterna fala lamentosa, conversava com uma velha.

O preso reconheceu na velha a marafona bêbeda que amotinara a cadeia no dia da sua chegada. Agora, sentada no chão, calada e quieta, ouvia mansamente a outra que contava, talvez pela vigésima vez, o seu crime.

Pela porta aberta da grade via-se a rede onde o pequeno da Maria Elói se remexia e chorava.

O maiorzinho mantinha a sua eterna atitude, sugando conscienciosamente o dedo, com amor, com vagar, de olhos perdidos no espaço, as moscas voando ao seu redor, embalado pela voz arrastada e trágica da mãe.

O preso se acercou, a Maria Elói viu nele um ouvinte, falou mais alto, como num convite para ele se aproximar mais, escutar melhor.

— ...eu não me queixo por ele me largar, apesar de ter me deixado com um filho se arrastando e outro ainda na barriga; não me queixo... que aquele ali, coitadinho, foi ver a luz do dia em casa dos outros, como filho de bicho... Mas não me queixo: a gente só vive com quem quer e não se pode obrigar bem-querer... Se engraçou de uma sujeita da rua, fosse viver com ela. Eu fiquei, como Deus era servido, vivendo de lavar roupa, ou com uma rendinha na almofada, ou ajudando em alguma farinhada. De noite, quando caía na tipoia, parece que não tinha mais nem quarto, nem perna, de tão cansada. As cruzes me doíam, que eu dormia era encurvada, com medo da dor quando me estirasse. Este pobrezinho passava os dias por aí, junto de alguma alma caridosa que botava sentido nele. E eu ia passando tudo isso sem me lastimar, que nunca fui mulher de choradeira. É verdade que ele tinha obrigação de sustentar os filhos... Mas, já que levava por gosto abandonar a família, deixasse estar... Mas daí a sem-vergonha da sujeita pegou uma moda de passar adiante da minha porta e insultar comigo. Todo o santo dia era aquilo: eu estava remendando os meus panos, ela sabia a hora, e vinha rua abaixo; quando chegava bem de frente de casa, começava o destempero. O sangue me fervia dum jeito que eu ficava era tonta, como se tivesse levado uma cacetada na cabeça. E imagine a senhora o que eu não dizia! Só me lembro de ter dito uma vez que, se ela tivesse o descaramento de voltar no outro dia, eu não queria ser filha da minha mãe, se ela não se arrependesse. De noite, o sem-vergonha do meu marido veio até lá em casa me dizer que já sabia que eu tinha jurado a Chiquinha, e que eu era besta pra botar a mão em cima dela. Imagine! E eu só fiz dizer que deixasse estar. No dia seguinte, de tarde, agarrei numa navalha velha que tinha sido dele, botei no balaio dos molambos e me sentei na porta, costurando. Com pouco mais, a criatura chegou pra me mostrar que vinha mesmo, que tinha quem punisse por ela; mas, assim que começou com os insultos, marchei-lhe pra cima de navalha, e enterrei-lhe a folha todinha, bem embaixo da pá. Diz que rasgou até os bofes, lá nela...

A velha ouvia séria, abanando a cabeça.

E João Miguel interrompeu a longa narrativa para perguntar:

— Morreu?

A mulher ergueu-se mais, no seu ódio, fixou-o duramente com os olhos de estranhas pupilas, afundados nas olheiras imensas, que eram como dois buracos sombrios na cara amarela.

— Um diabo daqueles lá morre! Inda está aí, diz que já se levantou...

— E só o que me dá pena é a alma daquela condenada não ter saído pelo golpe e de lá não marchar para o inferno...

*

Mais adiante, na cela varrida, com dois soldados de sentinela à porta, o Coronel se balançava numa rede branca de varanda. Sentado, ia e vinha, lentamente, com um ar morto de enfermo, que o mal imbecilizou.

Os soldados cochichavam, rindo, e ele nada via nem ouvia, pregado na sua indiferença dolorosa. João Miguel lembrou-se de certa máscara que vira, há muito tempo, na porta de uma loja, durante um mês seguido. Tinha o mesmo esgar de angústia, que o fabricante supunha cômico, mas só lhe causava pena. E nada a fazia mudar de expressão: nem o sol, nem a noite, nem o riso, nem a indiferença dos passantes. Até que o dono da loja, desenganado de vendê-la, deu-a, para brincar, ao filho pequeno, na cara do qual a pobre máscara continuou sem mudança, feia e infeliz... Tinha o mesmo ar cansado, o mesmo grande nariz triste, as mesmas rugas fundas da cara do Coronel, se destacando no alto do grosso pescoço vermelho, sobre o fundo amarelado da parede.

João Miguel passou. Voltou a pensar na Maria Elói.

Lá estava outra, traída, abandonada, insultada...

Mas essa, apesar de mulher, tinha tido a coragem de se desafrontar com a navalha...

E ele? Podia matar, tirar vingança... Podia liquidar aquele cabra, como um homem... E não fazia nada, não fazia nada. Prouvera a Deus tivesse ao menos coragem de escorraçar a Santa de sua vida, e nunca mais lhe botar a vista em cima...

15

De tardezinha, uma dolorosa procissão invadiu a cadeia e parou na porta, parlamentando com Seu Doca. Eram a mulher e as três filhas do Coronel Nonato, que vinham visitar seu preso.

Seu Doca recusava a entrada, alegando a proibição do delegado, inimigo velho do Coronel, para o qual aquela prisão era o prêmio maior que lhe dera a carreira.

Possuía, agora, debaixo da sua mão de ferro de autoridade, esse preso precioso. E trazia-o guardado como uma joia, velava-lhe as visitas, os guardas, a comida, num cuidado infatigável, procurando afirmar o seu domínio em cada gesto miúdo de carcereiro.

E Seu Doca, apertado pelas ordens recebidas, dizia às mulheres lacrimosas:

— Sem ordem do homem não pode ser, dona...

E a mulher, enxugando nervosamente os olhos, insistia:

— Mas o que é que o senhor pensa que eu vou fazer com meu marido? Que vou soltar, que vou dar fuga? Não vê que só quero olhar para ele, ver como está, dar uma palavrinha de consolo, nesta desgraça?

Seu Doca ainda teimou:

— Mas o homem está incomunicável, dona. A senhora não sabe o que é um preso incomunicável...

A moça mais velha, pálida e magra no seu vestido branco, com os cabelos lisos em redor dum rosto triste que parecia de freira, pousou a mão no ombro do carcereiro e disse baixinho:

— Nós sabemos, Seu Doca, que o senhor tem ordem para não deixar ninguém falar com meu pai. Mas o senhor há de ser um homem tão sem coração que não deixe ao menos a gente tomar a bênção a ele, no corredor? Que mal pode haver num pai abençoar as filhas?

A mãe ajuntou:

— Não tem lei nenhuma no mundo que prive um filho de ver seu pai! Agora, o malvado desse delegado, só porque...

A moça a interrompeu, docemente:

— Para que a senhora diz isso, mamãe? Deixe o homem fazer o que quiser. Tudo que a senhora diga só faz piorar as coisas...

Depois virou-se para o carcereiro:

— O que foi que o senhor resolveu, Seu Doca?

O homem levantou um olhar desorientado para as quatro mulheres que se agrupavam em torno dele. A velha, erguida à sua frente, severa e dura no casaco de seda preta, fitava-o, como se o intimasse a discutir os seus direitos. A moça, com os olhos ansiosos postos nele, tremia levemente o lábio; e o seu rosto descorado, feito cara de quem está rezando, traduzia mil súplicas angustiadas. Atrás delas, as duas meninas choravam.

Seu Doca coçou a cabeça, desenganchou a cambada de chaves do cós, segurou-as na mão, para as guardar melhor, no terror da sua responsabilidade. A moça insistiu:

— Podemos entrar?

Seu Doca deu um passo à frente e virou-se, cedendo afinal.

— Mas só até no corredor. De lá podem olhar para ele, perguntar como vai...

Elas invadiram a entrada, apressadamente.

Dos lados, os presos as olhavam com intensa curiosidade, e Filó correu, da cozinha, para ver "a cara delas agora".

Quando pararam defronte da porta, o Coronel saltou da rede e aproximou-se; a velha pôs as mãos nos ombros das raparigas, como se as apresentasse, e murmurou com o beiço trêmulo: "Estão aqui as suas filhas, Raimundo..." As moças agarraram as mãos do pai, num grande choro, e uma das pequenas começou a lhe beijar, um por um, os pobres dedos convulsos, gemendo:

— Papaizinho! Papaizinho!...

E ele mesmo entrou num pranto humilde e baixo, em que se desfazia todo o seu resto de resistência e coragem, encostado à grade, com as costas sacudidas num grande tremor nervoso; e uma espécie de gemido infantil era a única coisa que lhe vinha à boca, no grande vazio daquele tormento, interrompido insistentemente pelos soluços:

— Minhas filhinhas... minhas filhinhas...

Da grade fronteira, João Miguel olhava. Até que Seu Doca se aproximou:

— Já chega, donas; o melhor agora é irem embora... Eu não quero que o delegado veja isso...

E, como não o ouvissem, ele insistiu:

— Agora já fizeram o seu gosto, têm que ir. De outra vez, vêm de novo...

E se aproximou mais, afastando-as brandamente:

— Vamos que é tarde...

Elas gritavam agora:

— Adeus, paizinho! Adeus!

E a mais nova rebelou-se, agarrou-se à grade:

— Não, não! Agora não!

Foi preciso que a irmã a despregasse dali:

— Vamos, meu bem. Tenha juízo, para a gente poder voltar...

E, beijando mais uma vez a velha mão rugosa que ainda se estendia para ela, trêmula, murmurou:

— A bênção, meu pai... Nosso Senhor lhe dê coragem...

Seguindo Seu Doca, João Miguel as acompanhou até a entrada.

A moça dizia para o carcereiro:

— E o senhor promete que não falta nada a ele, que dão a comida direitinho, antes que esfrie, que mandam fazer café aqui, para ele tomar quente?

Seu Doca procurou tranquilizá-la:

— Deixe estar, dona, que Seu Coronel não sofre nada.

E virou-se para João Miguel:

— Este aqui, que é vizinho do seu pai, pode dizer se ele já padeceu alguma coisa de minha parte...

A moça interessou-se por João Miguel, procurou ver se ele confirmava a vizinhança.

— É inhora sim. Meu quarto é mesmo confronte.

Ela chegou mais perto e suplicou:

— Pois me faça a caridade de ver, de vez em quando, como ele vai, se não tem alguma coisa... Depois dessa desgraça, há de ter piorado do coração, que já não era bom...

A velha, que ia à frente, chamou:

— Vamos, Angélica!...

Mas a moça ainda perguntou o nome do preso, e fez suas recomendações: não permitisse que os outros se aproximassem, para troças, para lhe cobrirem o pai de insultos...

— O senhor que está preso deve saber o que se sofre... Adeus, Seu João... Deus lhe pague...

O seu vestido branco passou afinal para o lado de lá da porta escura.

João Miguel deu as costas e lentamente marchou para a sua cela.

Atrás dele, Seu Doca sacudia as chaves, murmurando:

— Quero ver é quando o delegado souber...

16

Fazia já três dias que Santa não vinha. Nem vinha nem mandava notícias, um recado que fosse. Por quê? Seria doença?

Doença, não, que isso num instante se sabe... Naturalmente, era ainda a zanga da última briga.

Podia perguntar ao Salu, que andava ali todo o tempo, se bem que nunca passasse defronte do seu quarto... Fazia guarda na porta do Coronel, ou mexia, pelo corredor, dizendo pilhérias às pressas.

Mas havia de ser a maior falta de sentimento deste mundo ir perguntar qualquer coisa ao Salu! Quanto mais notícias da Santa!

E, afinal, ainda era cedo, podia ser que ela viesse. Ah! se viesse! Com que gosto havia de pô-la para fora, como quem enxota um bicho ruim! Não precisava mais dela, não queria saber dela mais para nada, e sua pressa, sua ânsia, era poder dizer-lhe isso.

No entanto, Santa não vinha. Por quê? Porque não fazia conta, por pouco caso... naturalmente para mostrar que não ligava... que nunca ligou...

Se no começo mostrava tanto interesse, era para se divertir, porque não tinha outra coisa em que se ocupar... Mas um dia cansou-se do fingimento...

Há tanto tempo já que, se ele quisesse, teria notado isso!

Quando lhe perguntava qualquer coisa, muita vez ela estava calada, olhando para outro lado, e se virava admirada, distante, perguntando: "O quê?"

Ele então desculpava, pensando que era distração, cuidados da vida.

Agora via bem que era preguiça de responder, enjoo dele...

E daí — meu Deus! — não era até natural que Santa estivesse enjoada?...

Que graça pode ter um preso para uma mulher acostumada a tudo neste mundo? Sabe lá onde ela tinha andado, antes de ir pra mão dele!

Ouviu passos no corredor. Seria ela?

Mas voltou do meio do quarto. Era um soldado que passava.

...Ela nunca lhe falava no que se dera antes que ele lhe aparecesse na sua vida; encontrou-a empregada numa casa de pensão. De lá, foram viver juntos, em casa que ele alugou.

E ela nunca lembrava coisa nenhuma da sua vida antiga; e só por acaso, por um encontro, por uma história que outro contasse é que ele ficava conhecendo algum pedaço solto dessa vida.

Também não ia especular essas coisas... Enquanto viveram juntos, ela era séria, quieta... Tinha nada que ver com o que já se passara?!

Mas, agora, solta, só!...

Naturalmente se ria daquele preso, que, amarrado na grade da cadeia, sem esperança de sair tão cedo, pretendia prendê-la, a ela, tão livre, que tinha a rua aberta na sua frente e todos os homens do mundo se quisesse...

Quem é que não quer uma cabocla nova, jeitosa como Santa?

E ele não recordava mais nada que a afeasse ou envelhecesse, não se lembrava mais dos seus dentes gastos, empretecidos pelo cachimbo, nada da sua magreza, da sua decadência...

Parecia-lhe agora linda, inatingível, só porque estava longe, porque o esquecera e lhe fugira.

Ah! Quando ela voltasse! Nunca mais seria pisado por ela, nunca mais receberia nada daquela amizade, que agora era pior do que uma esmola pelo amor de Deus! "Guarde sua caridade pro bispo! Pensa que eu careço de pena de ninguém? Não quero pena nem de Deus do céu..."

Tinha coragem para brigar, para botar pra fora, para dizer tudo...

Mas enquanto ela não vinha, pensava decerto que ele estava morrendo de saudade, fazendo tudo pra que a mulher voltasse... Ah! Não poder lhe dizer todo o nojo que tinha e o pouco caso... — que ele, mesmo preso, não precisava de ninguém, que não se rebaixava nem à mulher mais famosa do mundo, nem que viesse com vestido de prata, comendo ouro em pó...

E a humilhação doía-lhe tanto quanto uma ferida. O tormento de se ver amarrado chegava a lhe chamar as lágrimas aos olhos.

Ter de esperar que ela voltasse, parecer que estava ali, à disposição dos seus caprichos, calado, conformado, quando o seu coração só lhe pedia vingança!

"Minha Nossa Senhora, botai essa mulher junto de mim pra eu poder levantar minha cabeça!"

Ouviu-se o bater de uma chinela no corredor.

Desta vez era ela.

O coração do preso começou a pulsar furiosamente. O seu pensamento irresoluto ia e vinha, como um morcego encandeado. E a língua tentou ensaiar a primeira frase de acolhida, irônica, ferina.

As chinelas se aproximaram mais, ouviu-se uma risada e a porta rangeu.

Era Filó com a comida.

*

Os dias iam se passando, e Santa não aparecia, e não chegava dela um recado, uma lembrança, uma notícia.

Era como se tivesse ido para muito longe, ou se escondido atrás de uma parede muito grossa, que nada podia arrombar.

Porque João Miguel, no seu propósito de não se dobrar, de não ser ele o fraco, não tinha coragem de pedir notícias a ninguém; e até a quem lhe perguntava por ela, dava a entender que houvera uma grande briga entre ambos, que determinara essa separação.

Como é que iria explicar, sem uma humilhação desgraçada, o desprezo da parte dela, o silêncio em que se metera, como se ele nunca tivesse existido na sua vida e ela não lhe devesse uma satisfação ao menos?

E era o que mais lhe doía.

Às vezes, na presença de Filó, quando ela se referia a Santa, à briga e ao seu suposto gesto de *não aguentar*, de a despedir, ele tinha que comentar e reproduzir esse gesto, e repetir o seu papel, gritava as palavras sonhadas, iludia-se contando a desafronta imaginária que até isso a ingrata lhe roubara.

E enganava-se, comprazia-se naquela comédia, dava as suas razões de queixa, chegava a mostrar que não fora mal-agradecido em a expulsar assim, depois da sua dedicação por ele nos primeiros dias do crime, porque, afinal, um homem é um homem, não é mesmo, Filó?

Mas, quando a mulher saía, finda a cena com que iludia os outros e até tentava iludir-se, entregue à sua própria miséria, então é que sofria o desespero da sua impotência, então é que lhe doíam na boca as palavras de brio e desafronta que não dissera, e que lhe pesava amargamente toda a sua vergonha de enganado.

E tinha que chorar baixinho, porque o seu horror era que os outros lhe vissem a humilhação, a infelicidade.

Diante de todo o mundo, devia ser o justiceiro sem dó nem piedade, que expulsa como deve a mulher que o traiu.

Quem diria que fora ela que o deixara, que ele a esperava ansioso, muitos dias, enquanto talvez ela nem se lembrasse de que ele vivia, ou, pior, lembrava-se, mas para o insultar melhor, com o Salu, com outro qualquer, sabe Deus com quem!

E, na sua rede, muitas vezes chorando, nas longas noites de solidão, o pobre se sentia tão só, mentiroso e desgraçado.

Tinha vontade de fugir ou de morrer.

17

Numa dessas manhãs, trouxeram para a cadeia, em braços, aquele velho que se contava ter morto uma negra, a machado, e o qual todos os dias Seu Doca deixava ir, de enxada ao ombro, trabalhar no seu roçado.

Bem perto da cadeia, uma dor o atacou de repente, um escurecimento de vista, e ele caiu no chão como um bêbedo.

Parece que ficou muito tempo desacordado, sozinho, até que um passante o viu e chamou gente.

Agora vinha nos braços dos outros, arrastando no chão a mão inerte, com a cara contraída num grande esgar que a retorcia toda. Largaram-no na velha rede suja, e ele caiu arfando e embolado como uma cobra.

Seu grande corpo descarnado amolecia todo, enrolava-se dentro da rede miserável, num jeito tão mesquinho que até parecia matá-lo mais depressa.

Os presos todos o rodeavam: alguns assustados, silenciosos diante da tragédia da morte que vinha perto, outros falando, dando opinião sobre a doença e sobre a queda; alguns, mais caridosos, segurando o velho pelas axilas, tentavam endireitá-lo no pequeno espaço incômodo da rede.

Mas o doente, a cada tentativa, gemia mais, naquela ânsia, e o seu corpo mole pesava extraordinariamente nas mãos que o sustinham.

Tinha os olhos meio abertos e fixos, já com um brilho vítreo de coisa morta. E da sua boca retorcida saía um gemido intermitente e penoso:

— ...Ai, Jesus... ai, Jesus... ai... zus...

Às vezes vinha uma estremeção, o rosto careteava, como se estivesse debaixo de uma dor muito forte, e uma nova contração lhe enviesava ainda mais a boca torta, na cara opada.

Muito tempo levou assim. Nem melhorava nem piorava, parecendo a todo instante que ia morrer, mas teimando em manter sempre aquele gemido de vida.

Uma hora depois chegou a família, o "bandão de filhas moças" tão conhecido dos presos.

Eram muitas, vinham desgrenhadas e chorando, seguidas pelo irmão, que, na aflição e na pressa, trazia ainda a enxada ao ombro. E quando ele foi se ajoelhando junto à rede, perguntando ansioso: "Que foi, meu pai?", João Miguel tomou-lhe o ferro, encostou-o à parede, junto ao machado do velho.

Logo uma mulher que viera depois, com um menino escanchado ao quadril, vendo a sua presteza em desembaraçar o outro, puxava João Miguel pela manga, insistindo:

— E o padre? Já mandaram chamar o padre?

Da cela do Coronel Nonato, os soldados de guarda se estiravam em intensa curiosidade.

Mas o preso, no balanço maquinal da sua rede, era o único indiferente, sombrio e quieto, talvez sem saber de nada, sem ter acordado do doloroso torpor que o alheava de tudo.

A noite entrou. Pior, o velho agora apenas arfava, com a respiração estertorada e rouca: o cirro.

As filhas, ajoelhadas em torno, apertavam-lhe na mão a vela acesa, que lhe pingava cera derretida entre os dedos, muito branca a escorrer na pele escura.

Afinal veio o padre.

O povo se afastou, a própria rapariga da vela abandonou a mão do moribundo, e o padre se aproximou, sozinho, como o médico que vai tentar o derradeiro curativo.

Parou, olhou fixo aqueles olhos que já não viam, úmidos e inconscientes.

Sobre um caixote próximo, depositou o relicário dos santos óleos.

E a sua voz entrou a acompanhar o cirro do agonizante com lento murmúrio em latim.

Depois ungiu-o na testa viscosa e suada, na boca deformada e arfante, nas mãos que se moviam em gestos incoerentes, que pareciam de sofrimento ou de cansaço, e não eram mais que o derradeiro bracejar da vida, no desespero final da grande luta.

E, quando o ungiu nos pés, que o chão ardente e áspero gretara e enegrecera em toda uma longa vida de miséria e trabalho, o óleo santo escorreu um pouco, e caiu numa gota sobre a terra que os recobria, ainda fresca da recente caminhada.

De madrugada cessou o cirro. E com ele foi embora a vida, que passou pelos lábios do moribundo, num esgar derradeiro.

E a gente que fazia o quarto, e se sentara cochilando pelos batentes e pelos cantos, acordou estremunhada quando a filha que velava rompeu num grande grito de choro, dizendo alto: "Morreu!"

*

O milagreiro, ajudado por mais dois, é que foi tratar de vestir o defunto com a grande mortalha branca de madapolão, trazida pelas filhas.

Era ridículo e trágico o corpo escuro do velho, despido como um grande macaco morto, emborcado e revirado pelos vestidores. Quando o sentavam na rede, para lhe tirarem o casaco ou lhe arrancarem as calças, ele tombava de frente, com a cabeça balançando sobre o peito, e o queixo amarrado com um lenço.

Depois enfiaram a mortalha pela cabeça, como quem veste uma criança. E os grandes braços descarnados, cuja pele flácida escorria em pregas moles, gesticularam um momento no ar, vestindo as mangas, caindo depois, desarticulados, como os braços de pano de um judas.

O milagreiro saiu do quarto, vazio de mulheres, pedindo o cordão de São Francisco.

A mulher que pedira o padre levantou-se de um canto do corredor onde se acocorara e, com um grosso cordão no braço, dirigiu-se para o quarto do morto:

— Está aqui, Seu Zé, já fiz. Já vestiram? Pois deixe estar que eu amarro.

O defunto, amortalhado, ainda se encolhia na rede em que morrera. A mulher admirou-se:

— Credo! Ainda não tiraram ele daqui?

— Foram buscar uma porta velha pra fazer uma mesa e botar ele em cima.

A mulher estirou a mão a fim de fechar os olhos do morto. Mas reteve o gesto, num receio supersticioso, e gritou primeiro:

— Fecha os olhos humanos, meu tio! Fecha os olhos humanos!

Só então desceu-lhe as pálpebras.

E, quando depois meteu os braços sob o corpo, para lhe atar o cordão à cintura, ela alarmou-se:

— Olhe, Seu Zé, já está endurecendo! Se não fizerem a mesa já, ele endurece assim encurvado e ninguém mais endireita!

A filha do Coronel Nonato, a Angélica, veio entrando e aproximou-se de João Miguel, que parava à porta.

— Bom dia, Seu João. Que foi isso? Ouvi dizer que morreu alguém...

João Miguel mostrou-lhe o velho.

Ela foi chegando para o quarto do defunto, devagarinho, com esse respeito religioso que a gente tem pela morte, e que talvez não seja mais do que medo.

Mas, à entrada, alguém disse:

— Entre não, dona, ainda estão vestindo...

Ouvindo isso, a mulher que amarrara o cordão voltou-se:

— Deixe a moça entrar! Não vê que eu já estou aqui? Havia de estar no meio dos homens, ajudando a vestir?

Angélica aproximou-se, pegou na borda da rede e esteve uns momentos olhando.

Depois se ajoelhou, ficou rezando muito tempo, pedindo o reino do céu, a eterna felicidade para aquele desgraçado que conhecera todos os males da terra, que tinha mergulhado as mãos em sangue, que gemera sob a dura lei do trabalho e do castigo, que conhecera o desprezo, a fome e as doenças más no decorrer da sua longa existência miserável.

Quando se levantou, tirou do seio um terço pequenino de contas de vidro azul, e, delicadamente, o entrelaçou nos dedos do morto, que o milagreiro cruzara, e que se crispavam agora, uns sobre os outros, como grandes garras ressequidas.

O enterro foi de tarde.

Na rede de riscas amarelas, coberta com um lençol enxovalhado, o velho foi embora para sempre, duro e enorme. E, sob o peso, os carregadores gemiam.

Antes, o filho tinha passado discretamente uma garrafa de cachaça.

— Uma bicadinha mode poderem fazer força...

Era a primeira vez que João Miguel bebia, depois de preso. E, ao pôr o copo na boca, veio-lhe uma saudade tão aguda, tão dolorosa, como nunca a sentira desde muito. O cheiro familiar da aguardente trazia-lhe, de roldão, a memória de tudo o que passara, um atropelado montão de coisas queridas e perdidas, a amarga recordação de toda a sua vida apanhada de brusco e arrojada àquele buraco triste onde o chumbaram. E, engolindo depressa o trago, e cuspindo grosso, parecia-lhe que expectorava de tédio e sofrimento.

E pensou alto, ao passar o copo adiante:

— Fazia já muito tempo que eu não sabia o gosto disso!

Junto dele, ao beber, um preso — aquele ladrão que escondera o furto — olhando o líquido dourado que brilhava docemente à luz que ainda vinha de fora, disse, num riso, para o soldado Chicute:

> "Aguardente é moça branca,
> Filha de homem de bem...
> Quem bebe mais do que pode,
> Pabula do que não tem..."

E Chicute terminou de lá, emborcando o copo:

> "Eu gosto desta bichinha,
> Que é uma bichinha de luxo...
> Bate comigo na lama,
> E eu com ela no bucho..."

João Miguel bateu com o cotovelo no outro, escandalizado:

— Olhe o defunto, Seu Chicute!

Os homens se agrupavam em torno da rede, dizendo alto:

— Chega, irmãos das almas!

João Miguel aproximou-se de Seu Doca:

— Também posso ir?

— Pra quê? Tem gente demais — disse Seu Doca, severo.

— Convém não. Só deixo ir mesmo os presos de confiança.
João Miguel o encarou com surpresa.
— E o que foi que eu fiz para o senhor desconfiar?
Seu Doca resmungou, se afastando:
— Se não fez nada para eu desconfiar, pode me dizer o que fez para eu confiar?...

Já o enterro saía, barulhento e atrapalhado: os carregadores mal-arrumados em torno do pau da rede, as mulheres envolvendo tudo num alarido.

João Miguel chegou-se para o milagreiro, que voltara a trabalhar, e olhava a saída, sentado num caixote, segurando um formão e um canivete e com um grande bloco de madeira no colo.

— Também não vai não, Seu Zé?

O outro murmurou, distraído:

— Vou não.

— O homem também desconfia de você? — E João Miguel ria, irônico.

Zé Milagreiro voltou-se:

— Era o que faltava, Seu João. Aqui ninguém pode me botar tacha de nada. Ainda ontem, uma pessoa me disse que eu ia sair daqui antes de inteirar o tempo, só por causa do bom procedimento...

E, como o outro, triste, se calava, ele continuou, mostrando na mão o trabalho:

— Não fui porque não posso largar isso... Serviço quando me aparece é na carreira... Veja, Seu João!

João Miguel olhou a meia-esfera de madeira, como a metade de um grande fruto.

— E o que é isso, Seu Zé?

O outro explicou que era para uma mulher doente de barriga-d'água, que encomendara aquele ventre de pau para oferecer como penhor ao santo, numa antecipação da promessa.

E cavava minuciosamente o buraquinho do umbigo, verrumando com a ponta do canivete o cumaru cheiroso.

— Coitada! Quando veio me fazer a encomenda, dizendo que tinha muita pressa, que ia pro Canindé no sábado, quase morri de pena, Seu João! Queria que você visse! — toda inchada, com a barriga-d'água por acolá! E numa pobreza, coitada, que não sei como é que vai arranjar o dinheiro pra me pagar o serviço...

— E assim mesmo não quer morrer...

— Quem é que quer morrer, Seu João? O morrer pertence a Deus...

O canivete passava agora de raspão pela superfície lisa, alisando mais.

— Ninguém quer morrer. Há de ser o medo do que se vai achar no outro mundo... Tem gente que fica fria só de pensar no dia de juízo! Esse que foi embora aí... Juro que caiu porque era o jeito... E durante toda a vida só passou desgraça...

João Miguel começou a riscar o chão devagarinho:

— Pois eu às vezes penso, Seu Zé, que a melhor coisa que acontece à gente, no mundo, é morrer...

— Você vive tão desenganado, e é homem... Pense agora na infeliz de uma mulher... Nesta criatura da barriga-d'água, por exemplo... Para mim, a qualidade de gente de sorte mais desgraçada que tem no mundo é mulher...

João Miguel rememorou a própria amargura, e discordou:

— Olhe que a gente também sofre muito, Seu Zé... E, as mais das vezes, por causa delas...

— Qual o quê, Seu João! — contestou o milagreiro, com calor, alteando a voz: — Tem lá termo de comparação! O mais que elas fazem com a gente é alguma má-criação ou, vá lá que seja, uma falsidade... Mas isso o homem tem logo dez pra consolar... É só o freguês ter algum vintém no bolso... Não diz que mulher é como pau de porteira: vai-se um, logo vem outro?

— Lá isso...

— Agora, a pobre de uma mulher, pra cada lado que se vire, só encontra desgraça... Se casa, vem logo a família e as necessidades. Não vê essa coitada que não tiro da mente? Juro que está assim só de passar precisão... E há de ter sido boa, séria, mas para quê? Pode haver sorte pior? Se se desmastreia, vai pra ponta de rua, fica logo mais rasa do que qualquer cachorro sem dono. E morre por aí de quanta doença ruim, se não dá com os ossos na cadeia feito a Filó... Agora, se fica moça porque não achou casamento — você sabe que o homem casa quando quer, mas a mulher só quando Deus é servido... — se não acha casamento e tem medo de se perder, é como essa moça do Coronel Nonato, tão sequinha, coitada, se acabando de rezar, sem ter tido nunca um gosto na vida...

Filó voltou da porta e aproximou-se.

— Seu João viu a Santinha, do lado de fora?

Ele conseguiu conter o desejo louco de correr até lá, e resmungou:

— Nem me mexi daqui...

Filó sentou-se no batente.

— Pois eu bem que estranhei ela não vir dar uma palavra ao senhor... Se bem que o Salu já esteja com ela de cama e mesa...

João Miguel conteve novo sobressalto, agora mais forte, muito mais doloroso, e o rosto doentio ficou com a sua cor terrosa ainda mais desbotada:

— Onde você soube?

Ela riu-se.

— Ora, Seu João, quem não sabe?! Então só você era que não sabia?

Ele encolheu os ombros.

— Tenho lá nada com isso! Ela pode chafurdar com quem quiser...

Filó ia responder, ia se escandalizar com aquela indiferença. Mas, olhando de frente, viu uma das filhas do morto que vinha reunir os objetos que o pai deixara dispersos pela cela. E, interessada, bisbilhoteira, levantou-se e gritou:

— Deixe estar, bichinha, deixe que eu lhe ajudo!

João Miguel sentiu que, apesar do disfarce com que se cobria, o milagreiro lhe compreendia o sofrimento. E abriu-se:

— E, depois que elas fazem uma dessas, Seu Zé, você ainda diz, ainda vem me dizer que são elas as infelizes!...

O outro ergueu o ventre de pau na mão aberta, arrancou-lhe uma felpazinha, e perguntou sorrindo:

— E você então acha que uma pobre se agarrar com o Salu é o mesmo que tirar a sorte grande?

*

A oportunidade de ver Santa passara. Ela fora embora, ele não a vira, e a sua grande ondada de despeito tinha de refluir novamente para onde viera, para o seu pobre coração pisado e negro.

E como a cada dia ia ficando maior a injúria que ela lhe atirara, com aquela ida afrontosa à cadeia, acompanhada do Salu!

A Filó passou de volta, e ele, que já estava no quarto, chamou-a.

E, quando a mulher parou, risonha, pintada como sempre, ele não se conteve, perguntou:

— Onde foi mesmo que você viu a Santa?

— Se você não viu foi porque não quis, seu João. Ela não saiu da porta.

— Mais o Salu?

— Também não viu ele não? Credo em cruz! Só estando mesmo cego por gosto!...

E Filó o olhava com uma ironia desconfiada. Ele disse:

— Não ando pastoreando eles... A gente só vê quem quer...

Ela insistiu no riso.

— Pois foi o que eu disse...

João Miguel ficou calado, um momento, vendo Filó alisar o cabelo, com a mão grossa, cheia de anéis de prata: depois, perguntou abruptamente:

— Quem foi que lhe disse que o Salu estava morando lá?

A rapariga pôs agora as mãos nos quadris, numa admiração escandalizada:

— Ora, Seu João! Quem é que não sabe disso! Então você não sabia? E por que foi que brigou com a Santa?

E, como ele ficasse mudo e triste, ela continuou:

— Logo nos primeiros tempos em que você chegou aqui, o povo pegou a dizer que não sei quem tinha visto o Salu sair da casa dela, num dia de manhã bem cedinho. Depois ele foi amiudando as visitas, e, com pouco, não se escondia mais, era pra todo o mundo ver... Entrava quando bem queria, saía quando achava bom...

João Miguel continuava sem dizer nada, calado, para não ficar mais humilhado ainda. E a mulher, impiedosa, continuava:

— Muita vez, quando ela vinha aqui, e se pegava com parte, toda querente com você, eu estava me rindo... Se lembra de dois dias que ela passou sem vir cá, dizendo que tinha de fazer uma viagem, pra ver uma tia doente? Pois a tal de tia era um samba que ela foi mais o Salu, no Pacoti... E eu dizia comigo: "Como é que essa criatura tem coragem de ser assim com o outro, meu Deus! Um homem tão bom!" Olhe, Seu João, eu tenho fama de ruim, já tirei a vida dum cristão, qualquer diabo pode me botar de rapariga, mas vergonha nesta cara eu tenho. Digo sem soberba, mas graças a Deus o que não me falta é sentimento!

João Miguel fixou-a.

— E, então, por que não me disse nada?

— Você pensa que eu sou mulher de fuxico, Seu João? Vou lá me meter na vida dos outros! Estou falando agora e por falar, e porque você mesmo perguntou... E, depois, como hoje você não tem mais nada com ela...

Ele agradeceu, para despedir:

— Pois muito obrigado, Filó...

— Não há de quê, Seu João!... Gosto de ver é sua natureza: assim que conheceu a cobra, botou pra fora. Não é desses muitos que ficam por aí, chorando, atrás de rabo de saia.

E aquela ironia inconsciente, aludindo a essa coragem, que — até isso! — a infiel lhe roubara, prostrou-o mais do que tudo.

Toda a noite levou, da rede para a porta, da porta para a rede, numa ansiedade louca de liberdade ou de aniquilamento, de qualquer coisa que o deixasse correr ou gritar, ou que o fizesse dormir.

Teria dado metade da sua vida por uma garrafa de aguardente.

18

Seu Doca acabara arranjando para Angélica uma licença que lhe permitia ver o pai todos os dias. E ela vinha, sempre muito triste, vestida de branco, às vezes só, às vezes com a mãe ou uma irmã.

Entrava, colava-se à grade, conversava algum tempo com o pai, chorava baixinho e entregava ao preso alguma peça de roupa, cigarros, fósforos, que já havia mostrado a Seu Doca na porta.

Depois ia falar com João Miguel, que a esperava, perguntando-lhe se vira como o pai passara a noite, se ele não tivera alguma coisa, ou se comia bem o almoço e o jantar que vinham de casa.

Na realidade, João Miguel, tão preocupado com suas desgraças, pouco tinha pensado no velho, que aliás parecia não querer interessar ninguém. Sempre sentado na sua rede branca, o olhar perdido num ponto incerto, o gesto inconsciente de sonâmbulo, só se levantava para ver as filhas, ou para dar um lento passeio em torno da cela, movimentando as pernas entorpecidas.

Mas, à hora da visita da moça, vinha a João Miguel um grande arrependimento pela sua indiferença, diante daquele rosto pálido que o interrogava com tanta doçura, e que, depois de indagar da saúde do pai, interessava-se também por ele — como ia, em que se ocupava, se obtinha algum lucro com o trabalho.

Um dia, ela veio para João Miguel com um pequeno sorriso no seu rosto triste:

— Trago uma encomenda da cidade para você, Seu João. Vai me fazer um chapéu de palha para uma moça... Mas tem que ser obra muito fina, com a trança da mais delicada...

Ele sorriu também, agradecido.

— Não é pra senhora não?

Ela abanou tristemente a cabeça.

— Pra que eu vou querer chapéu, Seu João, com meu pai aqui? Tenho lá gosto em vestir nada! É pra uma amiga minha, de Fortaleza.

Ele olhou o canto do quarto, onde a palha trazida por Santa se amontoava, coberta de pó.

Tantos dias que não trabalhava, esperando!

*

E começou, com muito amor, escolhendo a fibra, fina e macia, a encomenda de Angélica.

Quando ela veio no dia seguinte, encontrou-o trabalhando com grande zelo.

— A copa tem que ser alta e larga para caber a cabeça toda...

E a moça chegou para mais perto, vivamente interessada na rapidez com que ele torcia, na trança, as tiras douradas da palha, a ponto de mal se perceber o movimento.

— Onde aprendeu a trabalhar tão bem, Seu João?
— Em Sobral, Dona Angélica...
— Você é de lá?
Ele rememorou com saudade essa parte do seu passado quase esquecido:
— Morei lá três anos... Nasci mais longe, nos Inhamuns...
A moça admirou-se daquele destino errante:
— Tem andado muito, Seu João!
Ele fez um gesto de cansaço e tristeza:
— É. Tenho andado muito, Dona Angélica... Já estive no Norte, do Maranhão até o Acre. Eu acho que tenho sina de cigano... Quem nunca viu pai nem mãe sempre está na terra alheia...
— Você sempre foi só no mundo?
— Sozinho, dona... Pai, não sei nem quem era. Minha mãe morreu quando eu ainda me arrastava. Me entendi atrás de um burro, tangendo comboio de algodão e cachaça...
Ela abriu muito os olhos, que a curiosidade pelo destino abandonado de um órfão alargava mais:
— E você há de ter sofrido muito, assim largado!
Ele encolheu os ombros.
— Não senhora... Tinha de comer, ninguém me obrigava a nada, os comboieiros me queriam bem... Se eu tivesse em casa alguém que chorasse por mim, talvez sofresse. Mas solto no oco do mundo, vivia desgarrado como um bicho e não tinha precisão de ninguém...
Ela, porém, continuava comovida:
— Mesmo assim, Seu João... Uma criança sem ninguém no mundo...

Ele levantou os olhos da trança e contestou:

— A gente sofre muito mais depois de homem, Dona Angélica. Menino não sente nada muito tempo: num instante se entretém!... A senhora só pensa em sofrimento de menino, e se esquece de que gente grande sofre dobrado. Eu, depois de homem, tenho padecido muito mais... Só o consolo de poder chorar, que todo menino tem! Uma vez escutei um verso que dizia isso mesmo...

"Quem tiver dor de barriga,
Coma mingau de banana,
Barriga é como menino:
Com qualquer coisa se engana..."

E riu-se, amargamente:

— Vá enganar gente grande como quem engana menino! Ai, quisera eu ser menino de novo, Dona Angélica!

E, como Angélica o escutasse, sem responder, ele continuou, já nem sabia por quê:

— Na idade de dez anos, saí pelo mundo... Mas o pior desta vida não é a gente viver só não, dona... Em qualquer parte se acha companhia. O pior é a gente saber que não presta pra nada no mundo, que só serve pra andar se alugando, de patrão em patrão, feito burro de frete. Por isso é que se dá pra beber. Pra que querer ser bom, ser cabra de confiança do homem, capaz de todo serviço? Só pro patrão carregar mais, puxar mais... Quando muito, aumenta um cruzado na diária... Cabra remanchão sempre é mais poupado...

Angélica elevou a voz suavemente:

— A gente é bom pelo amor de Deus, Seu João...

Ele repetiu o gesto habitual de sungar os ombros, que traduzia toda a fadiga da sua experiência:

— Tudo pelo amor de Deus cansa, dona... E, quando a criatura pensa em outra coisa que não seja a barriga, não se conforma com essa vida de boi de canga, ganhando só para o triste bocado... E a gente então bebe, porque é a coisa melhor que pode fazer. Ao menos, quando está bêbedo, não pensa em nada...

Angélica interrompeu de novo:

— Mas cachaça só dá prejuízo, Seu João. Já me disseram que você veio parar aqui por causa dela...

— Ah, isso — explicou ele depressa, como quem inocenta um velho amigo acusado. — Eu é porque tenho uma cachaça muito esquentada, Dona Angélica. A culpa é minha, que nunca soube regular bebida. E, depois, tinha de ser...

Ela viu, pela sombra do sol distante, lá no terreiro, que era hora de sair. E despediu-se.

— Tenho que conversar muito com você sobre essas coisas, Seu João. Você precisa pensar mais em Nosso Senhor...

Ele sorriu, sem dizer sim nem não.

E, quando o fino vulto branco de Angélica se sumiu, voltou a trançar a palha, abstrato, sentindo-se menos afundado na amargura e na desesperança. Afinal murmurou:

— Só o que me admira é essa moça e aquela mundiça da Santa usarem todas as duas esse nome de mulher.

*

No dia seguinte, quando veio o almoço, Filó disse com a habitual sem-cerimônia:

— Seu João, eu ando precisando de um dinheirinho. O que a Santa me dava para a sua comida já se acabou há muito tempo. Não é por má vontade, não senhor, mas você sabe que eu sou uma mulher sem outros recursos...

O preso mostrou o chapéu de palha fina em que trabalhava.

— Eu já tinha pensado nisso, Filó. E estou acabando esta encomenda da Dona Angélica para poder lhe dar um auxílio...

— Achei melhor vir lhe pedir, se bem que a Santa mais de uma vez tenha se oferecido para continuar a pagar por você. Mas pensei que, muita vez, podia o Seu João não gostar...

Ele pasmou:

— Ela teve coragem de se oferecer para lhe dar dinheiro pra mim? Também já é fazer pouco demais!

— Talvez não seja pra fazer pouco, Seu João. Ela parece mesmo que tem pena de ter-lhe feito o que fez, você assim preso...

A compaixão ainda o irritou mais que o desaforo:

— Você pode dizer a ela que se dane e às suas penas. Que remédio de pena é água quente...

Filó o olhou bem nos olhos, com seu eterno sorriso desconfiado. Depois apanhou o chapéu e experimentou a palha macia na mão:

— Ora, quem havia de dizer que um dia chegava o uso de moça branca andar de chapéu de carnaúba! E diz que dão muito dinheiro por um, não é?

— A Dona Angélica disse que a moça pagava bem, e depois me mandava mais serviço. Conquanto que a obra saísse boa...

Filó teve uma ideia, e riu:

— Se a Santinha não lhe larga, agora é que podia quebrar de chapéu da moda, sem precisar pagar nada...

— Ela, agora, é de ter com que pague... Ou é de ter quem pague...

— Qual nada, Seu João! Você nem sabe como ela anda naufragada! Imagine aquilo de chapéu! Essa história de oferecer dinheiro pra você, juro que foi pabulagem do Salu...

A intenção do insulto picou-o de novo, vivamente:

— Ai, e foi o Salu que lhe ofereceu?

— Ele mesmo não... Mas donde é que a Santa ia tirar dinheiro se não fosse ele que desse?

Houve uma pausa. Depois João Miguel falou:

— Eu só queria ver ela dizer por que nunca mais veio cá...

Filó admirou-se:

— E Seu João não disse que tinha tido uma briga com ela? Naturalmente teve medo que você, furioso como estava, fizesse alguma arte...

Na sua tristeza, na sua revolta, ele esquecera a mentira que contara, toda a história desafrontosa da suposta briga.

E murmurou confuso:

— Assim mesmo, podia ter vindo... Cunhã ordinária!

Filó o quis consolar com a sua experiência:

— A gente às vezes faz isso sem querer, Seu João... E depois não tem mais jeito que dar, porque o mal não tem remédio. Ela se engraçou do outro, você estava preso...

João Miguel só pôde dizer, como sempre:

— Cachorra!

E Filó levantou-se.

— Pois, Seu João, quando você entregar o chapéu, não se esqueça de mim...

E riu-se, ao puxar a porta:

— Seu Doca, sozinho, não pode aguentar com o peso dos presos todos...

19

Um dia apareceu de visita a mulher do milagreiro. Aproximou-se do marido, com o gesto calmo, quase indiferente, como se apenas os separassem alguns dias, ou como se entre eles não houvesse o laço da longa vida em comum.

— Adeus, José; como vai?

— Adeus, Maria; vou vivendo, como Deus é servido...

Ela desenrolou, de uma toalha de franjas, um beiju, uma rapadura e alguns ovos.

— Está aqui o que eu pude lhe trazer. Esta rapadura é da moagem do Brejo, lá da serra...

Ele pediu notícia dos filhos. Com a fala descansada e frouxa, a mulher ia respondendo molemente. Contou depois as novidades do Riachão, os casamentos, as mortes. E acabou querendo saber, por miúdos, como tinha sido o crime do Coronel Nonato.

— Tem cachimbo, Zé? — perguntou ela ao fim da história. O milagreiro foi buscar o cachimbo no canto do quarto, embaixo da rede. Ela bateu na soleira o velho pito negro e requeimado.

— Credo, Zé, que porqueira! Só sarro!

— Eu não tenho mais quem limpe as minhas coisas.

A criatura tirou do bolso da saia um pouco de fumo picado, enrolado num retalho de jornal, e encheu o cachimbo. O marido pediu fósforos a João Miguel, que passava.

João deu os fósforos, encostou-se, falou com a visitante. O marido fez a apresentação sumária:

— Este é o companheiro que anda sempre comigo. Da última vez em que você veio, ele ainda não tinha entrado...

Depois de um tempo de conversa, ela disse:

— O senhor é que tem sorte, Seu João... Não é João a graça dele?

— João Miguel de Lima, seu criado...

— Criado seja de Deus... Pois o senhor é de muita sorte em não ter família. Preso só presta é só no mundo...

E, como João Miguel não concordasse, dizendo rindo: "Preso não presta de jeito nenhum, Sinhá Maria...", ela explicou:

— O que tem de sofrer, sofre sozinho; não fica a pobre da mulher penando por este mundo de meu Deus...

— E isso quando é só a mulher — ajuntou o milagreiro.

Mas João Miguel continuou a sacudir a cabeça, teimoso:

— Pois eu não acho que seja esse sofrimento todo a gente ficar solto lá fora, em comparação com quem vive na chave, aqui dentro...

Tirando o cachimbo da boca, a mulher cuspiu para o canto.

— Oh, Seu João, para que dor maior! Ver-se sozinha com os filhos, e o marido condenado! Olhe que eu já padeci tudo quanto é dor no mundo... Já vi meu pai morto de bala, à traição. Já tive oito filhos, cada qual com maior dor...

Aconteceu ao José essa desgraça, e já vi uma filha minha rapariga... Só me falta agora sofrer a dor da morte...

De cócoras, com as saias de chita azul enganchadas entre as pernas, o magro rosto repuxado, amarelo, o cachimbo entortando-lhe a boca — parecia uma feiticeira e causava mais estranheza do que pena.

— Falta também ver me tocarem fogo na tapera... Nesse dia eu me sento no chão e espero para morrer, porque não tenho mais coisa nenhuma que esperar...

Daí a pouco, levantou-se e foi à cozinha, falar com Filó. Conversou com a Maria Elói, esteve mais um tempo com o marido, e afinal despediu-se, no mesmo gesto distante:

— Adeus, José; Deus te guarde.

— Adeus, Maria. De outra vez em que você venha, lhe dou um agradinho para os meninos...

*

Ele ficou fumando no cachimbo que a mulher deixara, e, na sua mania de discutir tudo, comentou com João Miguel:

— A gente, pensando bem, você é que está certo, Seu João. Não há nada pior no mundo do que um homem viver preso. Diz que não há mal que não venha pra bem... Mas qual é o bem de se encarcerar um vivente? Só se for para vingança dos que morrem pela mão da gente... Mas que vantagem pode se tirar dessa vingança? E quando foi que Deus Nosso Senhor disse que vingança era bom? E o que me faz mais raiva é esse sofrimento desperdiçado... é como quem mata pra estruir... Quem é, no mundo, que ganha com cadeia? O governo fica com uns poucos de homens nas costas, pra sustentar, e ainda por cima tem que pagar os soldados de guarda. O patrão perde o seu empregado, muita vez o seu homem de confiança. A terra deixa de ter quem limpe, quem broque, quem plante. Quantos alqueires de milho não se deixou de apanhar por minha falta? E agora nós? De que serve para a gente a cadeia? Só pra se ficar pior... A gente aprende a mentir, a se esconder, a perder o sentimento de tanto aguentar desaforo de todo o mundo. Perde o costume de trabalhar e, quando muito, faz esses servicinhos de mulher, assentado no chão... E, vivendo em tão má companhia, os que não são ruins de natureza, e fizeram uma besteira sem saberem como, acabam iguais aos piores... Me diga, Seu João, me diga, pelo amor de Deus, qual pode ser a vantagem para esse homem que morreu, e para o povo do Riachão, em me botarem apodrecendo aqui neste chiqueiro, meus filhos morrendo de fome, minha mulher se acabando para arranjar um cozinhado de feijão ou uma cuia de farinha? Por aquele infeliz ter ido para debaixo do chão valia a pena se fazer essa desgraça toda a tanta gente? Tem lá Deus no céu nem na Terra que mande uma lei dessas? Não era muito mais direito que eu tivesse ficado trabalhando no meu canto, dando comida a esse bando de crianças que não têm culpa do que o pai fez, para serem elas que paguem? Não era muito melhor que me obrigassem a sustentar a viúva do finado e até a criar os filhos dele? Isso é que era o direito, isso é que era a lei boa!

Angélica, que entrara, e ouvira quase tudo, observou:

— Seu José, mas pela lei de Deus o castigo é necessário. Cada um tem que pagar pelo que fez.

— Deve pagar, quando o pagamento não prejudica os outros inocentes. E, no Padre-Nosso, tem um pé que diz assim: "Perdoai nossas dívidas assim como nós perdoamos..."

— Para haver perdão, precisa haver penitência. E ainda tem o exemplo, Seu José. Se o povo não soubesse que quem mata vinha para a cadeia, todo o mundo saía matando gente pela rua...

— Então, se é assim, a senhora não venha me dizer que o homem é diferente dos bichos. Para poder viver direito, carece ser tratado como quem trata cachorro. Se faz um malfeito — apanha, diabo, pra não tornar a fazer! Só tem entendimento pra pancada. E, quando acaba, põem-se com conversa, ensinando que o homem foi feito na semelhança de Deus... Que dirá se não fosse!

— Não diga isso, Seu José! Você não tem medo de um castigo?

— E que foi que eu disse para merecer castigo, dona? Que Deus não manda se maltratar os viventes?

— Ele também andou no mundo, e soube o que é sofrer...

— Pois com mais veras pode se compadecer de quem pena aqui embaixo. Não é, Seu João?

João Miguel, que, até ali, estivera calado, escutando, opinou:

— Na minha mente, este mundo é de quem pode... Nele só padece quem não tem o poder de ser grande... Isso de castigo era muito bom se fosse para todos. Mas os grandes, que pagam os bestas que nem nós pra matar quem eles querem, cadê que veem uma amostra ao menos de cadeia?

— Deus castiga a esses no outro mundo...

— Deus é para os ricos, Dona Angélica...

— Pelas chagas de São Francisco, não digam isso! Eu posso falar tanto quanto vocês, que tenho meu pai aqui... E ele passava por rico, meu pai... Agora não está pagando como um pobre qualquer?

Zé Milagreiro levantou a mão:

— Mas o caso de seu pai, Dona Angélica, foi mais por causa de política, com o delegado. Fosse ele rabelista, estava era solto na rua...

— Ah, Seu José, antes fosse! Mas a verdade é que ele está preso. E não vê que a gente recebe o castigo como Nosso Senhor quis mandar? Tenham juízo, pelo amor de Deus!

Mas o milagreiro, vendo que ela se dirigia para a grade do pai, disse amargamente:

— Dona Angélica, eu conheço o seu bom coração e o amor que tem a seu pai. Mas se a senhora se sujeita ao castigo é porque, ainda que sendo filha, não é quem está presa. Vá perguntar ao Seu Coronel se ele também pensa assim...

20

Num dia de domingo, Filó, que há muito tempo João Miguel rogava, trouxe-lhe uma garrafa de aguardente.

Ele se apressou em chamar o milagreiro.

— Seu Zé, não quer?

— Só um golezinho, Seu João...

E, depois do primeiro trago, João Miguel virou-se para Filó.

— Por que você não toma?

— Eu é de ir beber aquilo que eu mesma trouxe?

— Ora, deixe de prosa — tornou ele, enchendo um copo.
— Beba aí que eu bebo mesmo no caneco. Seu Zé tem o copinho dele.

O mata-bicho animara-o singularmente. Estalava a língua, e murmurou num gozo:

— Fazia muito tempo que eu não provava o gosto desta bichinha! Hein, Seu Zé? Viva Sinhá Dona Filó, que sabe dar gosto aos pobres dos cativos!

Filó riu:

— Só agora foi que você deu fé disso, Seu João?

Ele piscou os olhos, muito velhaco:

— Sim, porque até agora só tenho visto você dar gosto a Seu Doca...

— Isso é a boca do povo! Em mim só quem manda sou eu!
João Miguel bebia mais.

— Ah, Seu Zé, que isto me traz uma coragem! Se eu pegasse agora o sem-vergonha daquele cabo, dava-lhe uma surra, mas não era de cacete não, era de ponta de faca!

— Deixe disso, Seu João...

— Deixe por quê? Então você quer negar que ele é um cabra sem-vergonha?

— Não disse que ele fosse bom...

— Então, se ele é sem-vergonha, a obrigação dos homens de vergonha é dar-lhe um ensino... E ou não é, Filó?

Bebeu mais.

— Beba, Seu Zé! Que homem esmorecido! Isso não é veneno, é a branquinha! Beba, que depois você vai ver. Deixa o Salu aparecer que eu dou um ensino nele. Cabra infeliz! Quero ver se tu presta é na ponta do meu ferro!

Filó zombou:

— Você não tem nem faca!

João Miguel bateu a mão no quadril:

— Foi mesmo aquele desgraçado que tomou minha faca, no dia que me agarrou pra cá... Mas deixa estar que ele vai me entregar ela e mais alguma coisa... Pra arrancar as tripas de uma mundiça daquelas não carece se sujar a faca que já matou um homem não! Porque aquele que eu furei com ela era um homem inteirado! Mal empregado ser de longe e não ter deixado raça aqui! Matei, mas não tenho agravo! Agora, pra uma porqueira que nem o Salu... basta tomar o facão de um soldado desses...

— Deixa de farofa, criatura! — insistiu Filó, com enjoo. — A coisa que eu tenho mais abuso neste mundo é de gente lambanceira...

— Lambanceiro não senhora! Vou lhe provar quem é que tem farofa. Aquele filho da mãe vai lhe mostrar se eu sou homem de pabulagem!...

O milagreiro deu uma cotovelada na mulher.

— Como é que você está tocando fogo nesse homem? Não sabe que ele tem uma cachaça doida dos diabos?

Filó estirou o beiço e deu um muxoxo:

— Isso lá faz nada!

— Não faz, mas já deixou um no chão!...

— Sei lá como foi que matou esse... Vai ver ainda era mais frouxo do que ele...

Enquanto isso, João Miguel emborcava novo copo. E os olhos lhe fuzilavam como brasas, todo o rosto amarelo se animava.

— Vocês vão ver. Agarro aquele cabra, leva faca até no céu da boca. Eu me chamo João Miguel de Lima, nascido nos Inhamuns. Nunca achei homem que me botasse o pé em cima... Aqui no Baturité devo de conto de réis na praça, e não acho quem me cobre um vintém. Os galegos vivem me adulando: "João, meu caboclo, você quer mais dinheiro? Na minha loja é só mandar..." Assim é que os brancos me tratam. E eu vou ter medo de um cabra ordinário daqueles, que não vale o chão que cospe?! Mato da primeira furada e ao depois rebolo no monturo pra virar carniça e a urubuzada comer...

Levantou-se, empurrou a grade querendo sair. O milagreiro foi atrás dele.

— Que besteira é essa, Seu João? Tenha modos! Você não se acanha de estar fazendo esse papel?

Mas o outro se desvencilhou com força inesperada:

— Me largue, Seu Zé! Você não tem nada com a minha vida! Você é meu pai?

E fixou o outro, com os seus olhos brilhantes como fogo, provocando-o:

— Hein? Diga! Você é meu pai? É meu pai?

E, como o milagreiro o encarasse, atônito, concluiu:

— Então, se não é meu pai, não se meta...

E voltou à porta.

— Agora eu mato. Todo amarelo tem seu dia. Já faz muito tempo que eu magino de tirar minha vingança. Liquido primeiro ele, e, quando acabar, mato também a sem-vergonha daquela quenga, que é ainda mais ruim do que o comborço...

Um soldado passava.

— Ei, menino! Você não viu por aí um cachorro piolhento, que acode pelo nome de Salu, quando a gente estala os dedos?

E começou a dar castanholas, como se chamasse um cão:

— Salu... ei! Salu! Chega aqui pra apanhar!

Sentada no caixote, meio bêbeda, Filó ria.

O milagreiro aproximou-se de novo.

— Então, Seu João, que é isso? Você não vê o que está fazendo?

— Já lhe disse que me largue, Seu Zé. Em briga de homem, ninguém se mete. Se você tem amor aos couros do Salu, faça logo uma promessa a São Francisco, e principie por conta um boneco de pau com as tripas de fora...

— Besteira! Ande cá... Venha se sentar um bocadinho...

— Já lhe pedi que me deixe, homem! Você tem nada com isso? Se disse que mato, é porque mato. Mato a ele e a quenga da Santa. Isso nem Nossa Senhora com um gancho me empata de fazer...

Com uma vivacidade desacostumada, saltou ao lobrigar Salu que ia passando no terreiro de fora, e apenas se mostrou no quadrado da porta, apressadamente.

— Me largue, Seu Zé! Arre, com os diabos! Deixe eu pegar aquele cachorro! Ei! seu galinha! Não passe assim de chouto! Não corra, que tem homem atrás!

E os seus gritos alarmavam a cadeia: os presos saíam dos quartos, e os soldados, menos Salu, vinham, às pressas do alpendre, com Seu Doca na frente.

— Agarrem esse cabra! — comandou o carcereiro. E foi na frente, meter a chave na fechadura, para poder trancar rapidamente a porta.

Mas dentro da cela encontrou Filó, junto à garrafa vazia.

— Foi você que trouxe essa cachaça, hein? Já começa com o diabo das suas porqueiras! A gente dá o pé, quer logo a mão! Então você não sabe que preso só bebe aqui quando eu deixo?

Ela pôs-se em pé e foi saindo numa rabanada:

— Não se meta comigo, seu papudo. Trouxe porque quis — que é que tu pode fazer? E é bom deixarem de abuso!... Olhe que eu não gosto de aguentar abuso de ninguém!

*

Quando Angélica chegou, ele ainda estava junto da grade, falando. E, ao bom-dia da moça, respondeu:

— Bom dia, dona! Dona não, senhorita. Bom dia, senhorita! Eu sou um caboclo de pé no chão, mas sei tratar com as pessoas... A senhora não é dona, é senhorita...

Angélica estranhou aqueles modos, a fala mole dele, a porta fechada:

— Que é isso hoje, Seu João? Por que é que você está trancado?

— Eu lhe digo, Dona Angélica... Foi obra dos meus inimigos... A senhora sabe que todo homem tem seus inimigos...

O milagreiro, que se aproximava, viu o jeito de interrogação dos olhos dela, e explicou tudo, levando o polegar à boca. A moça compreendeu, quis se afastar, mas João Miguel insistiu:

— Não faça isso, Dona Angélica... Quero dizer, não faça isso, senhorita... Não vá embora. Então não sabe que pela senhora eu mato e morro?... Sabe disso, não sabe, Dona Angélica...

E ela, embaraçada, querendo ir embora, murmurou:

— Sei, sim, mas...

— Não tem *mas* nenhum, Dona Angélica. Comigo não tem *porém*. Eu lá sou homem de *porém*! A senhora pode mandar no seu caboclo. Quer que mate? Eu mato. Mato e ainda por cima tiro o couro, se a senhorita mandar. Me chamo João Miguel de Lima, cabra bom dos Inhamuns, e tenho todo o gosto em ser seu criado...

E com a voz pastosa declamava lírico:

— A senhora é a flor das moças... É por isso que eu gosto da senhorita... Hein, Dona Angélica? A senhora não quer mandar nada ao seu caboclo?

Ela murmurou de novo, querendo se afastar:

— Ora, Seu João, deixe disso...

— Parece que a senhora se agastou? Hein, Dona Angélica, a senhora se agastou? A senhorita se zangou com o seu caboclo?

E insistia:

—· Me diga! Se zangou com o seu caboclo?

— Por que é que eu havia de me zangar, Seu João? — respondeu ela, querendo acalmá-lo.

— Logo vi que a senhora não se zangava comigo! A senhora sabe muito bem que é só dizer: "João, vai ali, tange aquele cabra..." e eu pego logo e sangro... Sabe disso, não é, Dona Angélica? Não carece dizer duas vezes...

Angélica fez um derradeiro esforço para se afastar:

— Muito obrigada, Seu João, mas até logo. Meu pai está me chamando.

E, já longe, ainda o ouvia dizer:

— Pois não, dona, à vontade... A senhora bem que sabe... É só mandar no seu caboclo... É pra tudo que entender. O meu gosto é ser mesmo seu criado...

E, quando ela voltou do quarto do pai, onde demorara muito tempo, ele já dormia, roncando — quieto como uma pedra que cai e onde cai fica, esgotada a força que a impulsionou.

*

Logo que ela veio, no outro dia, João Miguel chegou-se muito envergonhado.

— Dona Angélica, eu quero que a senhora me desculpe as besteiras que eu disse ontem... Estava meio quente, e a senhora sabe...

— Eu bem vi, Seu João, não reparei... Além disso, você não disse nada demais. Fiquei foi triste, de ver que caiu assim, de novo, na sua infelicidade... Você não vê que a cachaça é que lhe perde? Como é que não procura se endireitar? E se ao menos tivesse uma cachaça calma... mas é uma cachaça doida; me contaram até que andou querendo matar um soldado! Por que você não cuida em largar de vez esse costume, Seu João?

— É muito difícil, Dona Angélica... Já não contei à senhora que me criei atrás de comboio de cachaça? Eu era molecote deste tamanho, e já me davam trago para beber na boca da ancoreta... Foi destino que eu trouxe... E quando a gente tem assim a sorte de uma coisa, o jeito que tem é deixar o pau correr...

Ela, que nesse dia estava mais triste, murmurou apenas, pensando também em várias outras coisas:

— Daí, pode ser mesmo que a gente já venha ao mundo com o seu destino preparado... Pois quem havia de dizer que um homem como meu pai ia se acabar aqui?

Ficaram ambos calados, de cabeça baixa.

Depois a moça, com o preso ao lado, foi marchando para o quarto do pai. E, dos seus largos olhos pisados, grandes lágrimas brilhantes começaram a rolar de manso, tão de manso que ela só se lembrou de as esmagar com o lenço quando lhes sentiu o gosto amargo na boca.

21

E PASSOU-SE mais um ano.

Os meses, todos lentos e sempre tristes, iam correndo um atrás do outro.

A cadeia parecia não mudar nunca, como uma coisa morta; e quem estava lá se esquecia da conta dos dias e das horas, que acabavam se baralhando todos, quando se tentava classificar alguma lembrança.

22

João Miguel trabalhava, fumando, em frente à sua cela, quando alguém passou defronte, dizendo que Salu tinha sido destacado para o Juazeiro. Ele não acreditou. Tão longe! Seria possível?

E, quando Filó veio, apressou-se em indagar da notícia; ela, porém, ignorava tudo e admirou-se muito por ter lhe escapado tal novidade — a ela, a quem não escapava nada.

Voltou de tarde. Era verdade. O Salu ia destacado para o Juazeiro e largava Santa. Diziam até que ele já era casado no civil com uma moça do Cariri. Naturalmente, agora, ia fazer vida com a mulher...

E a presa comentava, esquecida da sua antiga hostilidade a Santa, diante daquela ordinarice de homem:

— Aquilo com a Santa não foi mais que uma iludição, para desgraçar a pobre... Está aí... Ela largou você por ele, e ele agora vai viver com outra, sem perguntar quem fica. Coitada da Santa, até faz pena, Seu João! Numa pobreza tão grande! Aquele cabo nunca prestou!

João Miguel ouvia, calado.

— Quando acaba, ainda por cima ela está barriguda. Veja como o cão atenta! De você, que era homem capaz de aguentar família, nunca teve nada; e, agora, logo que se juntou com o Salu, tome menino novo! Diga se não é mesmo um destino! Coitada, tão magra, tão amarela, com o bucho por acolá... e toda cheia de pereba pelas mãos, pelas pernas... corta coração!

João tinha pena. Lembrava-se de que ela às vezes era tão boa, recordava o grande amparo que lhe dera nos dias desgraçados do crime. Mas ainda teve coragem de dizer:

— Faz mal não, Filó! Agora vai criar o filho, para mais tarde ter quem trabalhe pra ela!

— Lá nada, Seu João! Nas condições em que ela está, morre por aí antes de ver o filho poder com uma enxada... É capaz até de já estar tísica de tão consumida!

João Miguel trabalhava nesse dia numa grande esteira de palha; e ajoelhado no chão, com a esteira à frente, entrançava as últimas fibras, como se rezasse.

Filó, por uns momentos, ficou calada. Aos poucos, passava-lhe a onda de compaixão, e voltava à sua velha e ciosa má vontade.

— Daí, sempre é bem-feito... Ela se achava muito boa, não queria ser que nem nós, dizia que não se alugava a homem... Podia viver amigada, mas era como se fosse por casamento. Pelo bem-querer e pela estimação... Por dinheiro não... Pois língua falou, pagou. Quem bota muita soberba, acaba pior que os outros...

Ambos voltavam às posições antigas; e João Miguel, inconscientemente retomado pelo passado, desculpou:

— Ora, Filó! Você fala também até porque a pobre não queria ter uma tacha a mais!

— Qual é a vantagem disso, qual é a bondade? Empatou dela lhe enganar? Ela quer se fazer de mulher séria, levar vida de casada, pra poder botar a gente de militriz!... Mas em que é que ela é melhor? Não vive também dos homens? De que é que ela come? Tudo é uma coisa só, Seu João, se ela até não for pior... Porque, além de ruim, tem o fingimento...

Ele baixava novamente a cabeça; e, sentada no caixote, Filó ia passando o pente nos cabelos, dizendo:

— Pois é. Bem-feito! Bem-feito!

E, apesar da sua pena pela tristeza e pela miséria da outra, por toda aquela humilhante decadência, ele sentia com certa vergonha que o seu coração, vingado, dizia também:

— Bem-feito!

*

No dia do embarque de Salu, João Miguel conversava com Angélica acerca da saúde do Coronel — que andava agora com uma dor no fígado — quando Filó entrou, muito satisfeita. E não se conteve, mal reparou na presença da moça:

— O cabra foi embora hoje, Seu João... E a Santa até teve sentimento... mal chorou...

E explicou para Angélica, que indagava quem tinha ido embora:

— O cabo Salu, dona. Um que dava guarda aqui na cadeia e foi destacado para o Juazeiro.

Angélica lembrou-se:

— Ah! Já sei! Não era um que vivia com essa rapariga, essa Santa? Até o Padre Zezinho me pediu para eu ver se arranjava fazer o casamento...

João Miguel olhou a moça e estranhou, irritado:

— E que é que a senhora tinha que ver com essa história, Dona Angélica?

— Foi a família onde a Santa esteve empregada por último, que se interessou por ela, e falou com o padre. E, como o cabo era guarda da cadeia, e eu vivo por aqui, talvez me fosse fácil arranjar...

Filó riu.

— Ai, vejam só a mocinha que carece se casar para reparar o mal!... Como se fosse o primeiro!... E se o Salu ia nisso! Logo com quem!...

— Por quê?

A mulher riu mais:

— Por que, dona?! Quem é que se casa com rapariga? Esse padre é muito inocente! Se ele fosse casar tudo quanto é gente amigada que vive neste Baturité!

Doeu a João Miguel aquela linguagem tão solta nos ouvidos de Angélica:

— Filó, tenha mais cuidado com essa língua! Pensa que é só abrir a boca e dizer o que quer?

A mulher pôs as mãos nos quadris, olhou o preso por cima do ombro e dirigiu-se à moça:

— Ora, meu Deus! A senhora pode saber de tudo, pode conversar com o Padre Zezinho em quem é casado e em quem não é... Só não pode ouvir o nome... Então a senhora nunca no mundo tinha ouvido falar em gente amigada?

João Miguel insistiu, já furioso:

— Mais respeito, Filó!

Foi Angélica que atalhou:

— Para que isso, Seu João? Eu já sou mesmo que uma velha!... Deixe a Filó falar como quiser!...

Filó, aplacada, voltou ao assunto:

— E, depois, dona, ele não ia casar aqui. Não sabe que ele é passado no civil, lá no Cariri? Só se casasse só no padre...

— Mas então a Santa vai ficar abandonada por aí, coitada...

A outra encolheu os ombros:

— Com quem havia de ficar? Todo dia não é dia santo não... Deixa ela agora sofrer, para aprender a não ser soberba...

João Miguel murmurou tristemente:

— Se eu pudesse, dava um adjutório a ela... Mas, aqui, que é que posso fazer?

Angélica olhou-o pensativa e disse devagar:

— É verdade... você também... já tinha ouvido falar...

Ele corou e baixou a cabeça. Depois disse:

— Mas a senhora vê... Não me importava com o que ela fez, pra não deixar morrer de fome... Mas não posso mesmo fazer nada... O que ganho aqui não dá nem para pagar o bocado que como... Que, afinal, apesar de tudo, ela me ajudou muita vez...

Mas Filó já agora ria:

— Credo, meu Deus! Que gente compadecida! Ora, Seu João, tem muito homem no mundo! Enquanto o menino não nasce, ela vai vivendo. E depois, deixe estar que ela se arruma...

Angélica, talvez sem compreender o alcance do que Filó dizia, murmurou:

— É... Talvez ela se arranje... E, afinal, ainda pode trabalhar... Coitada!

A moça olhou para João Miguel, que machucava com o dedo nervoso um pouco de fumo dentro do cachimbo apagado.

Filó o fitou também, e cochichou com a outra, puxando-a para um lado:

— Nunca vi um homem duma natureza mole dessas... Fosse outro, pouco se importava... Ou até mesmo achava bom... E ele está aí se acabando de pena... Depois do que ela fez... Deus que me perdoe, mas parece até falta de vergonha, com licença da palavra...

— Nem tudo é falta de vergonha, Filó! Talvez ele quisesse muito bem a ela...

— Quem? — e Filó deu um muxoxo. — Se eu acredito em bem-querer de homem!... Eu estou amarela de labutar com eles, dona... Conheço homem mais do que farinha... Querem lá bem a ninguém! Querem é uma besta que se sujeite a tudo que eles entendem.

— Mas você mesma não está se admirando da pena de Seu João? Esse, pode ser que quisesse...

— Queria, mas, quando descobriu que estava sendo enganado com o Salu, não teve nome que não botasse nela. Meteu-lhe a mão na cara... Ele mesmo se gabou a mim...

— Mas ciúme é natural... Quem é que gosta de ser enganado?

— É, mas as pobres das mulheres ninguém se importa de enganar... Dona Angélica, eu já passei por tudo no mundo, e, se lhe digo isso é porque sei: não tem homem nenhum que preste. Nem casado, nem viúvo, nem solteiro... quando se vê um assim, compadecido, vá atrás... por coisa boa não é...

A moça abanava a cabeça, mudamente.

João Miguel veio se aproximando e, sentindo que ainda se debatia entre as duas o caso de Santa, tentou desviar a conversa:

— Dona Angélica, a senhora ainda não ouviu dizer quando é que afinal eu vou a júri? O Seu Coronel entrou aqui tão depois de mim e já foi a júri há não sei que tempo!

— Agora, com o promotor novo, diz que vai tudo andar. É um moço que se formou outro dia e quer levar adiante tudo quanto é processo.

Filó atalhou:

— Não sei que pressa vocês têm de serem condenados! Que é que adianta aquela presepada toda do juiz? Volta pra cadeia do mesmo jeito...

— Ora, criatura, já se viu? Quem é que não quer ter a certeza da sua sorte? Já está perto de inteirar dois anos que fui preso, e de júri nem notícia.

Ela sacudiu os ombros.

— Pois eu só fui a júri com mais de dois anos e meio. Já ia inteirar os três. Peguei dezesseis de cadeia... Que mal fez ter custado? Ao menos, nesse tempo, ainda estava com esperança de pegar menos...

Mas Angélica protestou:

— E se ele for absolvido?

E João Miguel ajuntou, exaltado:

— É, se eu for absolvido, quem é que vai me pagar o tempo que eu passei aqui?

Filó tornou a dar risada:

— Está vendo como é bom esperar? Você até está pensando em ser absolvido.

— Posso muito bem ser! O doutor, quando veio aqui, disse que, como eu estava bêbedo, privado dos sentidos, e não podia ser responsável...

— Isso eles todos dizem antes...

Mas Angélica ajuntou:

— Ainda ontem o promotor esteve em casa do Padre Zezinho, e ele até lembrou seu nome ao moço. Sossegue que qualquer dia você vai...

E, vendo a moça se despedir, para ir embora, João Miguel pediu:

— Mas não deixe o homem se esquecer não, Dona Angélica... Pelo amor de Deus, lembre a ele...

— Não esquece não. Deixe estar... Até logo.

A moça sumiu e ele se voltou imediatamente para Filó.

— Você estava na Estação?

— Eu? Eu não! E Seu Doca deixa eu sair assim?

— E quem lhe disse?

Ela estirou o beiço.

— Todo o mundo! Diz que a Santa não foi nem na Estação... Nem ninguém viu eles se despedirem... Só depois foi que a velha Leocádia disse que ela pegou a chorar...

João Miguel se abateu na rede, deixou pender a cabeça e murmurou:

— Nunca pude entender aquela criatura! Quem é que sabe o que ela quer fazer? Basta ver o que fez comigo!

A mulher se sentou no caixote, sacudiu dos pés os tamancos e contou:

— Um dia, eu passei pela casa da velha Leocádia, e, no meio da conversa, perguntei a Santa: "Santinha, coisa que eu nunca entendi foi você, depois de já estar com o Salu, ainda se importar com o João Miguel e ir todo dia na cadeia... Pra que enganar? Ele não era seu marido, e que mal podia lhe fazer ali, preso?" E ela ficou muito admirada: "Não. Não era marido, mas a amizade também obriga! Se ele estivesse solto, eu não me importava! Tenho lá medo de nada! Mas o pobre preso, e eu fazer uma coisa dessas! A gente faz isso porque afinal de contas é o destino... Mas dizer que tive pena dele, isso tive, e muita... Parecia que era só porque ele estava acolá, cativo... Enquanto pude esconder, escondi. E depois que ele descobriu, se nunca mais fui lá é porque não tinha coragem de olhar para a cara dele..."

João Miguel ouvia calado.

E Filó se calou também, respeitando sem querer a tristeza do homem — embora a escandalizasse; falta de sentimento, coração mole, isso é que era.

23

A ÚLTIMA noite.

*

A última noite... a última noite...

*

Nessa tarde fora o júri.

A última noite...

E, na última noite, como na primeira, não conseguiu dormir.

Toda a encenação do júri lhe girava confusa na cabeça, como na primeira noite lhe giravam as lembranças do crime.

O júri terminara já bem de tardezinha: começou ao meio-dia, e foi acabar à boca da noite, com escuro.

Primeiro, ele tinha sido levado por dois soldados para uma sala grande. E o juiz, todo de preto, junto da mesa preta, mordia o bigode branco, impaciente.

O preso se sentou num banco velho, liso, sem encosto. E os dois soldados sempre de lado... Atrás deles, o advogado lia um caderno grosso. E, defronte, bem defronte, sete homens se sentavam, com cara de preguiça e de medo, como se fossem arrastados contra a vontade para alguma coisa ruim.

Depois, junto do juiz, levantou-se o moço de terno marrom, o tal que era o promotor.

E começou a contar o crime, esmiuçando as coisas mais pequenas, como se ele próprio fosse testemunha da briga e de tudo o mais.

João Miguel, vendo seu nome repetido tantas vezes pelo moço que dizia, de momento em momento, "o réu, João Miguel de Lima", cobriu a cara com o lenço, envergonhado.

Depois, mais tarde, quando já falava o velho rábula que um dia o fora ver na cadeia, acharam de chamar a Santa, e ela veio, tão amarela no seu vestido de chita velha que parecia desenterrada.

E começou a chorar muito, assustada, com o beiço tremendo, arriscando, por entre os dedos que lhe tapavam a cara, ora para os juízes, ora para o acusado, uma nesga do olhar molhado de lágrimas.

E às perguntas do velho, que lhe pedia calma, e a interrogava sobre o réu, ela acabou dizendo:

— Doutor, o senhor me desculpe, mas eu estou tão fraca que nem sei o que digo... Ontem quebrei o resguardo e fui tirar esmola para poder enterrar meu filho, que morreu com cinco dias de nascido...

O homem parece que teve pena. A sua voz ficou mais branda, e ele continuou a perguntar coisas sobre o preso, com brandura, como um médico indagando de uma dor.

E ela respondia desculpando sempre, sempre justificando e louvando, como se quisesse reparar um pouco, naquela hora, todas as injustiças do seu ingrato abandono.

Ele afinal teve coragem de a encarar, atastando de todo o lenço. Santa baixou os olhos e entrou a torcer as mãos, com um pouco de sangue lhe chegando ao rosto amarelo.

O velho disse:

— A testemunha pode se retirar.

E a mulher foi embora com um suspiro de desafogo. Os seus chinelos velhos, já sem salto, se arrastaram lentamente nos tijolos. E, por um rasgão nas costas da blusa, o osso da espádua apontava sob a pele, junto à alça encardida da camisa, amarrada com um nó.

O advogado continuou a sua história, em que, a todo instante, insistia: "e isso vem provar a absoluta embriaguez...", "confirma a asserção da defesa, alegando a privação de sentidos e inteligência"...

E novamente João Miguel cobriu o rosto, sem coragem de encarar aquela gente que enchia a sala e o olhava com curiosidade ardente e sem rebuços.

Até que enfim houve um movimento, os sete homens da fila se levantaram, sumiram-se por uma porta, lerdos, de cara amarrada.

Custaram. Foi preciso o moço promotor ir até lá explicar alguma coisa.

Quando afinal eles voltaram, mais leves e desafogados, passaram um papel à mesa, onde o juiz cochilava, mordendo sempre o bigode.

No fim de um silêncio muito grande, depois que os jurados tornaram a se sentar de manso, como meninos fugidos — o juiz folheou um grande livro grosso, ergueu a mão, tocou uma campainha, todos se levantaram e ouviu-se a sua voz insegura ler, mastigando, a sentença.

O povo, já sem curiosidade, ia embora, como em fim de missa.

E só quando o velho rábula levantou-se e veio apertar-lhe as mãos, dizendo: "Meus parabéns! Meus parabéns!", foi que João Miguel atinou com o que o juiz lera, e balbuciou, tonto, vendo que os guardas não o olhavam, que o juiz saía conversando com outro homem de preto e que o promotor arrumava os papéis na pasta para ir embora:

— Quer dizer que eu estou solto?

— Naturalmente, homem, está livre, está solto!

O preso agarrou-se, grato, às velhas mãos que o salvaram:

— Muito obrigado, doutor, muito obrigado... Deus há de lhe pagar tudo isso!... E eu, enquanto tiver força neste corpo...

Já o advogado se afastava, arrastado por outro velho que o cumprimentava, acalorado:

— Você sempre vitorioso, hein! Esta cabeça! E depois me venham com conversa de gente nova!...

O preso sentiu-se só. A grande sala vazia lhe fazia medo.

E ele tocou no cotovelo de um dos guardas que não se apressavam:

— Vamos embora, vamos...

*

Quando chegou na cadeia e se dirigiu para a sua cela, teve que atravessar todo o grupo dos presos que a curiosidade reunira à porta.

E foi Seu Doca, que entrava com ele, que gritou a notícia da absolvição.

Mais tarde, Seu Doca chegou para ele, num gesto diferente — como se já pudesse lhe falar de homem para homem:

— Você está solto, Seu João. Já veio a ordem. Pode ir pra rua agora mesmo se quiser...

Mas João Miguel, no assombro daquela sorte inesperada, no assombro da vasta noite livre, em que tinha medo de se sentir só, desamparado como um órfão, murmurou para o carcereiro:

— Me deixe ficar aqui ainda esta noite, Seu Doca... Só de manhãzinha é que me vou...

A última noite...

A ÚLTIMA NOITE...

*

Parecia mentira. Ou sonho, conversa.

A última (a última?) noite...

E o último dia... E o último sono naquela rede... Coitada da rede! Também carecia dum descanso a pobre. Já não tinha cor, de desbotada, de remendada...

E aquele feixe de palha e um uru começado iam também ficar ali. Tudo ficava. Só ele ia, afinal livre, afinal homem outra vez. Sim, ia novamente viver... Viver!

...Viver? Mas de quê? Aquele tempo de cadeia tinha sido como uma morte, uma morte que não ferira só a ele, mas a tudo que o cercava, como um sopro de peste...

Que lhe restava mais? Santa? Ora, Santa! E aquilo ainda se podia dizer que fosse Santa?

Com que havia de contar? Felicidade, um futuro, um patrão, uma amizade?

Contar, só mesmo com o seu destino errante — pior ainda, agora que já sofrera tanto, do que quando a mãe o pôs no mundo, nuzinho e aos gritos...

Sua vida... Sua vida...

Alugar os braços de porta em porta, de terra em terra, sem ter de seu nem mesmo a enxada com que cavava o chão, o machado com que cortava a lenha...

Sua vida...

O dia já alumiava, e pela trapeira gradeada caía um feixe de claridade bem em cima do escrito do finado Meia-Noite, o qual se estirava ao longo da parede, assustado e torto, nas suas letras incertas.

Quem viria, igual a ele, numa hora de tédio ou de angústia, decifrar aqueles riscos devotos?

Outro viria. Outro viria, e se sentiria só e único, na sua dor espavorida, tal como ele próprio se sentira, trancado no quarto escuro.

Por baixo da rede, seu pé tateou o tição apagado com que acendia o cachimbo. Quebrou-lhe um pequeno pedaço de carvão e, erguendo-se, foi até a parede que a luz do céu clareava, numa grande listra brilhante.

E, devagar, inábil, tremendo um pouco, traçou sob a oração um grande J., depois o resto de João Miguel, incerto e sem desenho, letra por letra, penosamente.

E aquele nome, lançado assim na cal amarelada da parede, era uma espécie de mensagem que ele deixava para o sucessor ignorado, um grito de solidariedade que estendia, para esse futuro irmão desconhecido, o abraço fraterno do seu tormento passado.

*

Foi ao alojamento dos soldados, falou com todos, falou com o Seu Doca, depois passou de cela em cela, devagarinho, fazendo as despedidas.

O Coronel estendeu o braço através da grade ainda fechada e apertou-lhe a mão muito comovido.

— Muito obrigado, Seu João, por tudo o que fez por mim...

E a Maria Elói, que vivia agora alvoroçada, em vésperas de ir a júri, fez luzir nos olhos o brilho estranho das pupilas amarelas.

— Deus lhe acompanhe, Seu João! Qualquer dia eu também vou...

Filó e o milagreiro o acompanharam até a porta. O preso dizia:

— Quem havia de pensar, Seu João, que ainda você saía daqui primeiro do que eu!...

E Filó opinou:

— A questão é a gente topar com um júri bom. Seu Doca só não me arranja outro júri porque não quer que eu saia daqui... — E riu-se para João Miguel. — Mas não é por isso que a gente vai deixar de se ver não... Até pedra se mexe...

O milagreiro perguntou:

— Você vai logo, Seu João?

— Estou esperando pela Dona Angélica, para me despedir dela.

Estavam em pé, sob o arco de entrada, pisando a velha calçada esboroada nos ângulos, sabe Deus por quantas gerações de presos.

Embaixo, no vale, a cidade estirava um braço esbranquiçado de casario, mergulhando o resto do corpo no mato dos morros e na catinga.

No brando ar da manhã de inverno, tudo era quieto, suave e lindo, desde o sol, cuja luz macia era uma carícia tépida, até o verde sossegado do mato, que nenhum furor de ventania agitava.

No alto do Putiú, a capelinha branca feito uma pomba num beiral escuro, sacudia docemente os sinos.

Angélica apontou afinal. O vestido se destacava como uma flor alvadia e móvel no verde intenso da paisagem, enquanto ela subia rapidamente a ladeira. O seu cabelo claro tirava do sol fulgurações douradas e o triste rosto pálido se rosava no banho de luz matinal.

E riu-se ao chegar, arfando levemente:

— Quase canso! E hoje vim mais cedo. Nem ouvi a missa toda... Sabia que você ia embora...

— Só estava esperando a senhora, para me despedir...

Ela tirou do seu livro de reza um pequeno São José colorido, com o seu ramo de açucenas brancas, e o depôs nas mãos dele:

— Está aqui, Seu João... Toda vez que você pegar neste santinho, reze por mim...

Ele teve vontade de beijar aquela mão que roçava na sua. Mas apenas a apertou suavemente, murmurando:

— Muito obrigado, Dona Angélica, muito obrigado...
Até debaixo do chão eu hei de me lembrar da senhora...

O milagreiro lhe estendeu os dedos, comovido também, embora não soubesse pôr naquele gesto nem afetuosidade nem calor:

— Adeus, Seu João, seja feliz...

E Filó lhe bateu no ombro:

— Até a vista...

Ele ainda relanceou um olhar pelo corredor escuro.

Afinal, deu uns passos, acenou mais um adeus ao grupo amigo e foi se afastando devagar. Embaixo da cajazeira grande que sombreia o princípio do caminho, parou e voltou-se. Da porta, o milagreiro, Filó e Angélica viam-no partir, sorrindo.

João Miguel tirou do bolso a lembrança da moça e olhou-a um momento.

Depois, com a manga da blusa, limpou sobre a barba loura de São José uma gota de água, caída talvez das folhas úmidas da árvore, ou talvez dos seus olhos, também úmidos.

Fitou a paisagem em torno.

A terra, aos seus pés, era como uma promessa deslumbrante. E à sua volta a beleza abençoada do mundo parecia-lhe uma ressurreição.

Naquele momento, pelo menos, tudo ficava atrás: o passado, o crime, o sofrimento e a saudade do que perdera irremediavelmente. E a fome, a miséria, todos os males futuros, cuja previsão lhe atormentara tanto a vigília da véspera, desvaneciam-se, agora, como uma névoa ligeira, como se desvanecera aquela garra de nuvens que ainda há pouco cobria um recorte violáceo de serra.

Vivia apenas a hora feliz da libertação. E o seu peito sorvia largamente o ar cheiroso que subia da terra fresca, como dum enorme montão de rosas.

Sem o olhar, meteu no bolso o santinho de Angélica.

E carregando o chapéu sobre os olhos, num passo resoluto de desafogo e de posse, avançou para a liberdade.

Pici, dezembro de 1931.

Este livro foi impresso nas oficinas da
DISTRIBUIDORA RECORD DE SERVIÇOS DE IMPRENSA S.A.
Rua Argentina, 171 – Rio de Janeiro, RJ
para a EDITORA JOSÉ OLYMPIO LTDA.
em maio de 2022.

*

90º aniversário desta Casa de livros, fundada em 29.11.1931